シベリア日記

太平洋戦争並びに
在ソ俘虜生活を体験せる
一兵士の記録

著者　本間仲治
編者　本間村紀

文藝春秋
企画出版部

シベリアから帰還後の著者

応召前　左端が著者

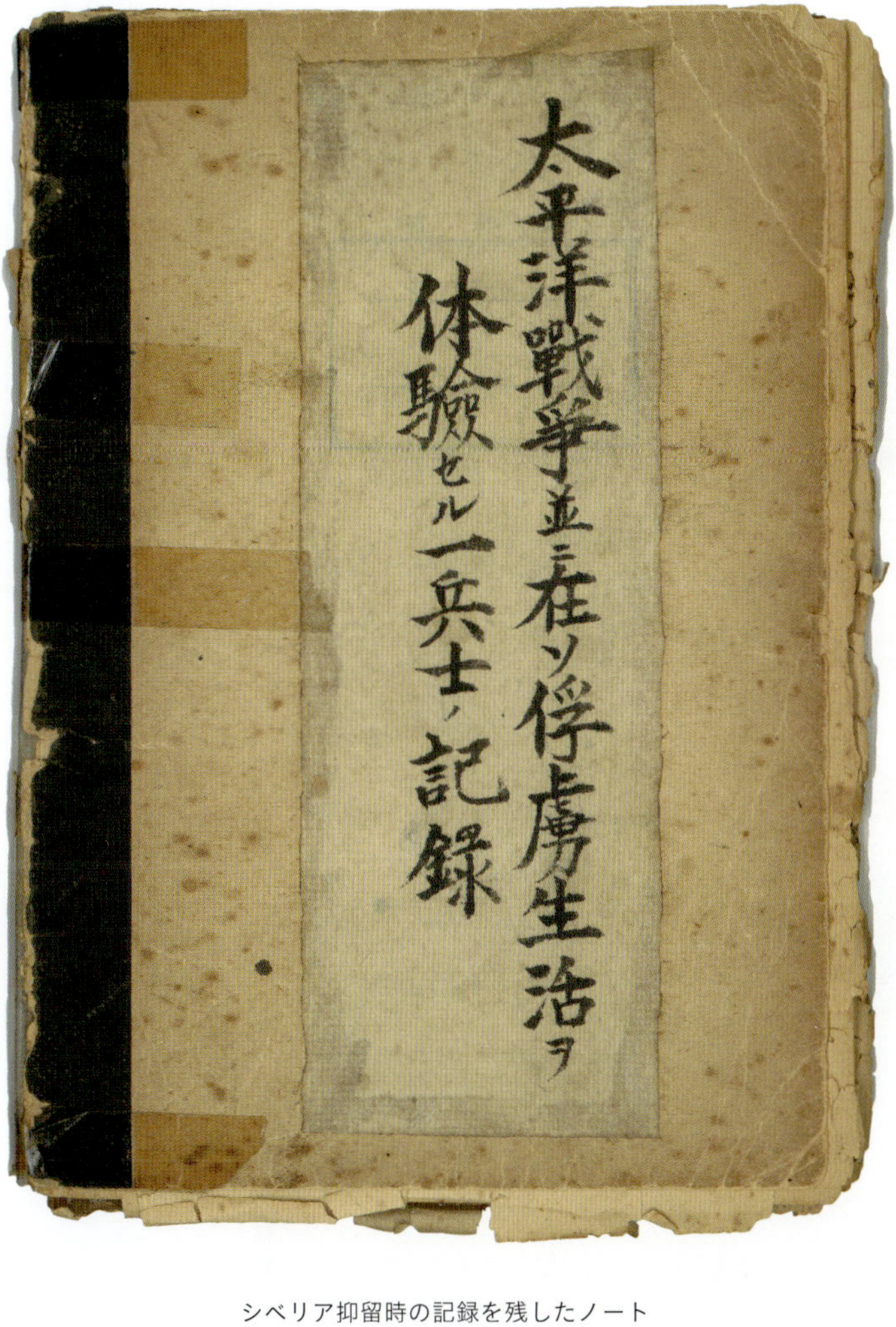

シベリア抑留時の記録を残したノート

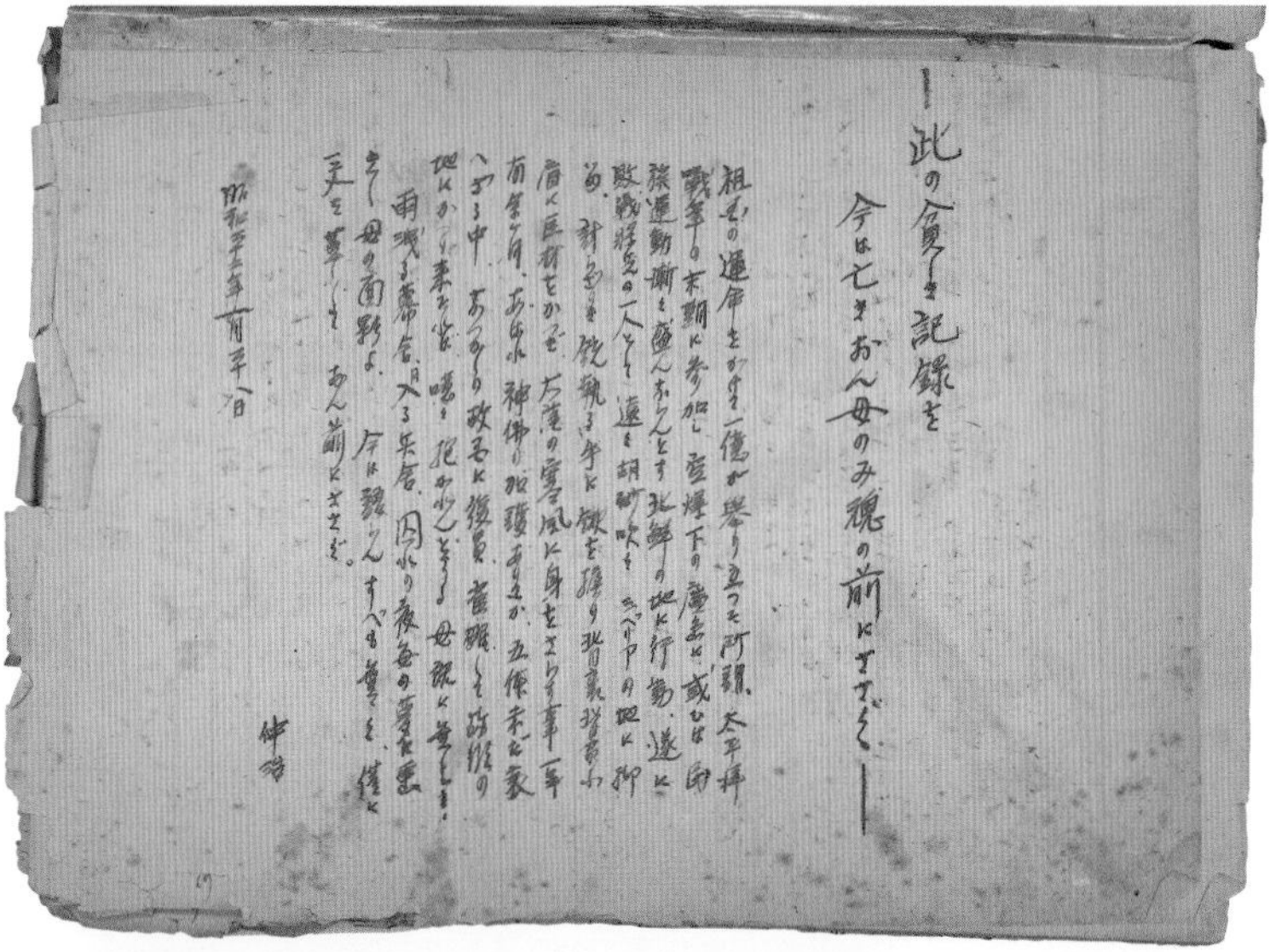

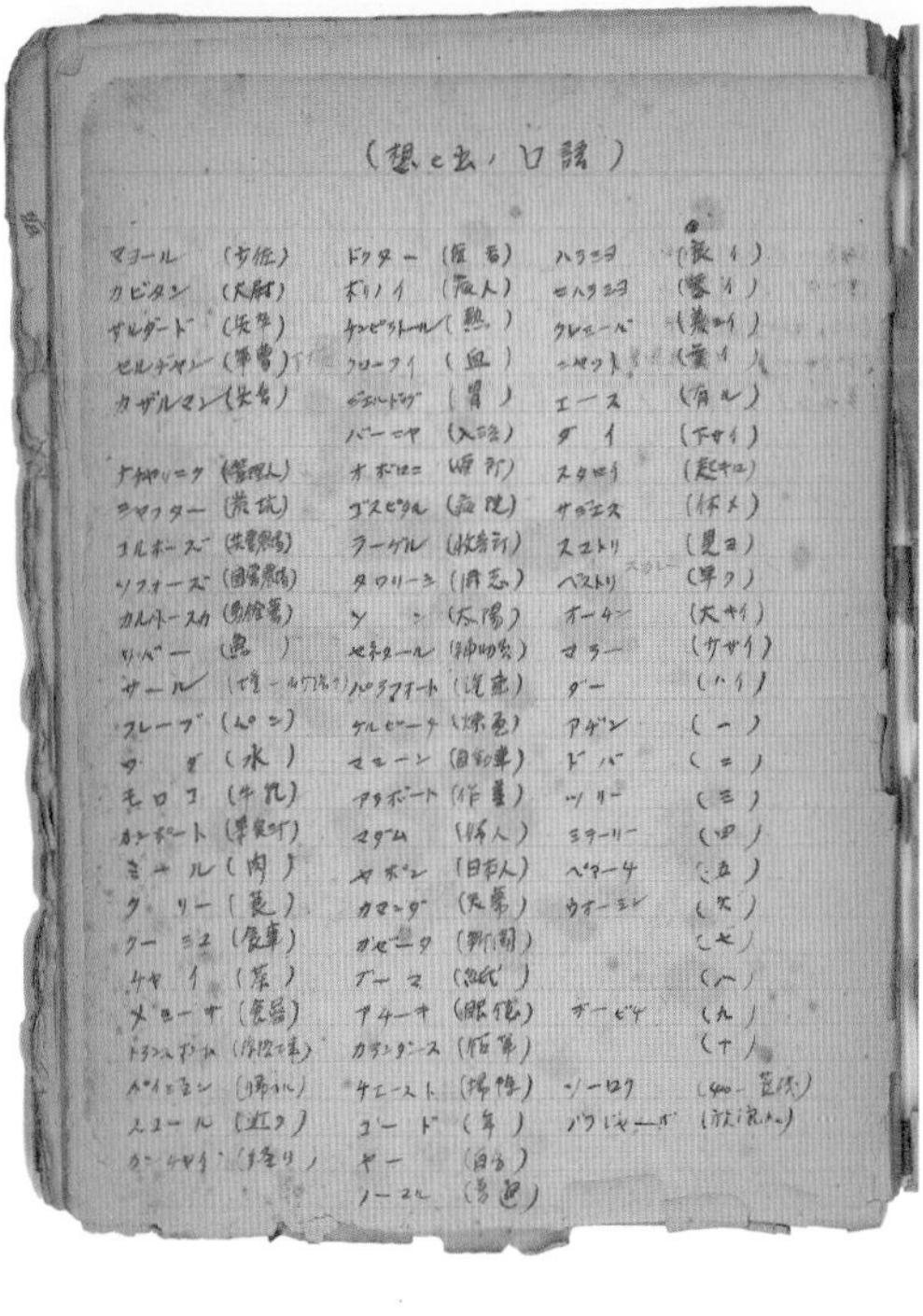

ノートの中身
上：1ページ目
下：最後のページ

目次

父の記録を公開するにあたって

本間村紀

日中戦争から太平洋戦争へと続いた長い戦争は、多くの悲劇を生んだが、終戦直後に起きたシベリア抑留もそのひとつであった。私の父、本間仲治はソ連軍によって北朝鮮の興南から、シベリアのウラジオストックに連行され、約二年近い強制労働に従事させられた。昭和二十一年暮れに日本に帰ることを許された父は、直後の二十二年一月に、太平洋戦争とシベリアでの抑留生活について記録したこのノートを作成した。ノートはB5判に万年筆で書かれ、分量としては八十ページ、四百字詰原稿用紙に換算しておよそ百四十枚分に及ぶ。この記録をなるべく多くの人に読んでいただきたいと思い、今回公刊することとした。

父・本間《ほんま》仲治《なかじ》は明治四十五（一九一二）年六月十五日、漆器職人であった本間猶太郎と母・ナカの次男として、新潟県新発田市に生まれた。

昭和十八（一九四三）年四月、高沢ヒサと結婚、一男をもうける。

十九年八月、召集令状が届く。この時、仲治三十二歳。

日記は広島に入隊した昭和十九（一九四四）年八月六日から始まり、ソ連から復員した昭和二十一年十二月十五日で終わる。

この手書きのノートを活字化するに当たり、本文のカタカナを平仮名に、旧漢字、旧仮名遣いは新しいものにし、一部読みやすいように句読点を加えた。

また空欄部分や判読不能の文字は□□で表した。

またノートを活字化した本篇に続き、「さらば　シベリアよ」を収録した。これは父が昭和五十八（一九八三）年に自費出版した『生きて愛して』というタイトルの自分史的な意味合いをもつ著作のために書かれた一章で、戦後三十年を経てのシベリア抑留体験について回顧している。このノートの著者自註のような意味合いで読んでいただければと思う。

令和六年盛夏

※本書には、今日では不適切とされる表現がありますが、執筆当時の時代状況に鑑み、原本を尊重しました。ご理解賜りますようお願い申し上げます。

（編集部）

太平洋戦争並に
在ソ俘虜生活を体験せる
一兵士の記録

——この貧しき記録を
今は亡きおん母のみ魂の前にささぐ——

祖国の運命をかけて一億が挙り立った所謂太平洋戦争の末期に参加し、空爆下の広島に、或いは民族運動漸々盛んならんとする北鮮の地に行動、遂に敗戦将兵の一人として遠く胡沙吹くシベリアの地に抑留、計らざりき銃執る手に鍬を握り背嚢背負う肩に巨材をかつぎ、大陸の寒風に身をさらすこと一年有余カ月、あわれ神仏の加護ありてか、五体未だ衰えざる中、なつかしの故国に復員、雀躍して故郷の地にかえり来たれば、ああ抱かれんとする母既に無し！　雨漏る幕舎、月入る兵舎、囚われの夜毎の夢に描きし母の面影よ、今は語らんすべも無く、わずかに一文を草しておん前にささぐ。

仲治

昭和二十二年一月二十八日

内地篇

昭和十九年八月六日　臨時召集令状に接す。

折しも簡閲点呼実施のため、新津町第二校舎校庭に於いて小隊教練中、妻令状を持参、直ちに許可を得て帰宅す。妻の上気したる赤き両頬の色、強く脳裡に刻みこまる。

八月十日、広島県広島市暁第一六七一〇部隊に入隊。

船舶無線通信兵として入隊。生まれて初めて兵営に入る。昼食に給与されし高粱まじりの握飯に前途並々ならぬ苦しさを予想し寝るも感慨に襲わる。

八月十一日、広島県三原市三原分屯隊皆川隊に入隊す。三原人絹工場の寄宿舎内の兵営、畳敷き水道付きの宿舎とて多少の寛ぎを覚ゆ。これより毎日通信教育。号調音の練習を室内に、或いは海浜に或いは山上の神前に若き班長殿の教育を受く。毎日の松茸飯、馬鈴薯入りの食事に漸く馴れ、記念写真（二等兵白作業服）を撮り家郷に送る。生徒よりの来信多し。

八月二十三日、盲腸炎のため、福山陸軍病院に入院。

前日鰯の煮魚多量に食せしため腹痛甚だしく、診断の結果盲腸炎と決定。加藤兵長に伴われ汽車にて福山に赴く。想い出の福山市よ。若き日女学校教師としての楽しき昔の想い出も今は胸を刺す苦しさの中に徒歩、入院。外科病棟に入る。以後四十日間衰弱のため手術遅れ、入院加療に努む。手術後回復と共に階級制度の悲しさ、二等兵としての悲哀を痛切に味う。父遥々越後より見舞に来たる。生徒多数美しき季節の花を持参、慰問に訪れたる事、せめてもの喜びであった。

十月三日、福山陸軍病院退院。

諸運動効無く退院。三原に帰った。藤井氏、細川嬢に感謝す。

十月二十三日、広島暁一六七一〇部隊第一中隊に転属す。

再び広島へ。比治山下本格的内務班の訓練に追わる。

十一月十日、暁第四大隊に転属、同日第一中隊に復帰。

三号無線器習得終了していよいよ南支方面への編成部隊として三原以来の戦友と転属なりしも、盲腸炎手術申告のため中隊復帰を命ぜらる。

この一中隊の間、四大隊要員としての〇上等兵の戦友となり、その変態的、虐的性格と合わず毎夜ビンタの嵐に泣く。正月の餅一切の食事に泣きしもこの間なり。

尚十二月二十五日、父、ヒサ、克之の三人、四大隊編成員の便りに遥々面会に来たり。臨時外泊を漸く許され、午後六時より翌朝六時まで兵営前の旅館に泊まり、飢えと寒さの中に浸りし事、一生の悲惨な想い出となる。克之しきりに泣きし声、別れにのぞみ妻ヒサの折からの氷雨に傘さして見送りくれし姿、眼底に焼きつけらる。

昭和二十年一月十五日、本部勤務。暗号兵教育を命ぜらる。

鏡一等兵を先任として二十名、将校集会所に於いて阿部少尉指導の下に暗号教育を受く。火の気一つ無き集会所、来る日も来る日も暁汁と巷間称する所の栄養無き給与、相変わらずの内務班のヒステリックの□□軍隊教育の非精神的、非人間的な毎日に嫌悪と失望を感じて就寝許可のみねだりてさぼる事に汲々とす。元教え子藤井幸子の新宅を訪れる。空襲再三なり。

三月二十日、第五大隊編成員となる。

日山部隊長自らの検閲無事に終了。暁第五大隊（皆川少佐部隊長）に転属、出陣式に参列す。

四月一日、一等兵に進級す。

一選抜にはあらずとも待望の一等兵二つ星に漸く進級、嬉しさ限り無し。新潟市出身本間綾次郎軍曹の知遇を得。

四月三日、暁第六大隊要員に転属す（第三中隊）。

突然の命令にて新編六大隊の要員となり、鏡一等兵等三名五大隊と別れて六大隊に赴く（小学校）。下痢甚だしく七日程就寝す。任務地につき或いは九州、或いは新潟と巷間噂さ乱れ飛ぶ。

四月十三日、広島駅出発、新潟へ向かう。

飯盒一本、パン五個、計五食分携行、軍装整えて第三中隊先発隊六十余名一路新潟へ。ああ想い出の新潟へ。第四大隊要員として南方派遣の身が転々として、内地のしかも故郷の地へ赴くとは。車中感慨無量。大阪より電報にて知らせるも新津駅に家族の姿を見ず。

四月十五日、新潟県立新潟中学校に宿す。

既に先着の服部中尉（第三中隊長）の指揮下に入り中学校の教室に内務生活を始む。中隊炊事、直ちに電話にて岡村直治君に知らせ、毎晩の如く食物、煙草をひそかに給与を受く。何時にても自分は軍隊規則の違反者である。この一カ月間幸いに中学校長磯幸治郎氏と知り合いのため、何かと便宜を得。本部将校の信頼もあり全く自由の立場にあり。外泊、外出も再三、面会も屢々にて軍人生活中最も愉快なるものであった。五月初旬、母、妻ヒサ、克之の三名面会に来たり。校庭にて隣合う。計らざりき、これが母上との最後の面会とは。五月の陽光を受けて明るく朗らかでありし母の姿、瞼を閉じればありありと想い浮かぶ。

五月十五日、新潟郊外木戸国民学校に入る。

第三中隊のみ北鮮進出と決し、準備のため中学校より移る。忙しい中外出の許可を得て岡村宅を訪ねる。直治氏の世話になる。

五月十九日、新潟港出発。

十七日木戸校出発。船中に一夜を明かし、折からの降雨の中貨物船は新潟港を離れゆく。見送る者一名も無く雨のみ悲しく眼に映ず。船底に莚、毛布を敷き三日間臥床。幸いに平穏、船酔いなし。給与概ね良好。大豆、飯焦げ、最後の夜森永の薄荷菓子、酒一合下給さる。演芸会開催。修禅寺物語、馬賊の歌をやる。船中、鍋谷清、津波鉄夫二等兵と知り合う。

五月二十二日、北鮮羅津港着。

深い海霧の彼方に赤ちゃけた朝鮮の峻しい海岸を見出した時の驚異、そして五月と言うに肌寒い気温に震え上がる。簡単なる検疫後、自動車にて背後丘陵の中腹にある国民学校の教室に宿営す。中隊全員百余名、深い朝霧の中に浮かび上がる太陽を拝みて朝礼点呼を行う。感慨深きものがあった。

五月二十三日、編成発表

名称　山下分隊

任地　興南府

分隊長　山下好慶軍曹

分隊員　松本上等兵、太田一等兵、本間一等兵、

原田、春木、津波、鍋谷二等兵

器材　三号甲

兵器　小銃五、実弾一五〇

北鮮篇

昭和二十年五月二十四日、羅津府出発。

山下分隊長以下八名、器材携行、午前十時羅津駅出発、興南に向かう。山下好慶軍曹は香川県の人、応召四度、温厚の人柄。車中分隊員の面倒を良く見、弁当その他については松本上等兵の世話になる。

窓外に移りゆく北鮮の風景、清津、威津、海岸の美また興味深きものあり。

五月二十五日、興南駅着、北鮮倶楽部に宿泊す。

興南駅着、故郷の小駅に似たる小規模の駅。下車早々、小指大の雹の降り来たるには驚く。連絡も何も無きため一切不明、分隊長自ら日本窒素肥料会社に赴き連絡し、自動車にて漸く指定されし宿舎北鮮倶楽部に落ち着く。倶楽部は一流のホテル?にて一日給与七円五十銭とか。皿数毎食時五、六、一兵士の食事としては贅沢限りなし。分隊員唯顔見合わせて苦笑のみ。

A 北鮮倶楽部

給与は右記の如く一流、鮮人ボーイ三名。いずれも愛らしき少年、サービス満点(折々ビール、サイダーをかすめ来たり余等にくれる)主人は在鮮四十年の古強者。入浴毎日、魚類豊富、二、三日して水上勤務隊の飯田見習士官(慶応出)、松浦上等兵赴任、その指揮下に入る。四、五日後、通信兵として皆川、菊地、□□上等兵、清津通信所より興南分隊に転属し来たり、総勢十三名となる。

B　日本窒素肥料株式会社

かの有名なる野口遵の創設するところの東洋一の大会社。鴨緑江の豊富なる水力を利しての化学工業、従業員数万、興南の町全体が会社に付属していると言っても過言でない町の三分の二を占めるかと思われる工場――黄色、緑色、赤色と色とりどりの煙を一日中吐いている煙突の林、遠雷の響きに似たる各種機械の騒音、ハッパの轟音、街全体を包んでいる灰色の空気――所によりては胸を圧迫されて息苦しく呼吸の困難を感ずる程の混濁、刺激、正にこの街は騒音と煙の街だ。

C　社宅風景

然しこの海岸埋立地の工場の背後の丘陵を切り開いて建てられている社宅街を歩くと、これはまた規律と設備の完備した近代的住宅街の美を痛感する。

赤い煉瓦の屋根を持ったほぼ三種類の構造を持つ独立住宅が規則正しく縦横

の道路に沿って建ち並び、各住宅の周囲にはアカシアの樹、日輪草が植えられ、一段高い丘陵上には病院、海軍館、武徳殿、図書館など近代的建物が静かに落ち着いた姿を並べている。

蒼いツタ、カエデに掩われた赤い社宅の前を横を、夕暮れそぞろ歩きに過ぎる時、何かこの屋根の下から綺麗なオトギ話に出て来るようなお姫様が現れて来るような幻想さえ感ずる程の静けさだ。

D　興南通信所

我等山下分隊の任務は、元山港との間の船舶の出入りに関する無線連絡だ。通信所は直ちに工場内波止場近くの一室に開設された。隣室は食堂とて、蝿と騒音には悩まされたが、その他条件は良好。分隊員を分けて昼夜勤務す。

電気ヒーターが二個もあるため、常に大豆を煎り、或いは会社内の油を利しての油飯、とれたての魚のフライ等、食生活は豊かであった事が楽しい想い出であった。

但し、空襲の恐れ濃厚のため、間も無く工場内の通信所を解散、背後の丘陵上のプール脇の監視人住宅の一室を借り受け、直ちに開設す。

工場を街を一眼に見下ろす格好の地、しかも二十五米プールの存在は夏を迎えて最大の喜びである。間も無く遊びに来たる社宅の子供等とたわむれつつ、通信暗号解読に専念す。

E　下川邸

通信所移転を機として、我等の寝所も北鮮倶楽部より武徳殿わきの下川等氏の二階三十畳の部屋に移る。氏は福岡の人、剣道六段の腕、奥様、令息二人令嬢三人の家庭。我等は兵隊の単純さから直ちに馴れ親しみ、今まで味わい得なかった地方人家庭生活の温かさを満喫させて戴いた。この邸に於いて我等はまた数人の分隊員を迎える。

後藤見習士官、山口、高野、北沢、児島各乙幹、中垣兵長、原山、矢内、福光各一等兵、総員二十余名。通信、水上の二つに分かれて勤務に邁進すると共に、夜はトランプ、碁、読書等に兵隊生活とは思われぬ楽しさを味わい続けた。

F　防空壕掘

日に増す敵機来襲に、後藤見習士官の意見により会社側との交渉の結果、裏山の頂上近くに鮮人と協同して防空壕を掘り、通信所移転を画し、非番を利して交替で作業に当たる。

宿所より病院、プール前を通り社宅街を抜けて二十分、山を登る事五十米、夏の日盛り午後五時まで従事す。自分等の組は高野兵長、津波二等兵の三人。別にどれだけとの責任高も無い事とて、多くは山の緩い斜面の草の上に臥して茫然と海を眺め、天空を仰いで日々暮らす。呑気極まり無し。

夏雲や野面を渡る高笑ひ

山の麓、工場の課長級（ヤンパー）と言わるる熊本水俣出身の□氏の奥様と親しくなり作業の帰途立ち寄り馳走になる。オムレツ、パン等美味限り無し。

G　西湖津

月に二度酒類の配給を受けて宴会を開く。魚は主として一里ほど離れた西湖津の闇市場に買い出しに赴く。刺身、フライ、時には油に揚げしパン、カリント、ドーナツ等、松本上等兵は通信はゼロなれど料理に天才的な腕を発揮して食膳を賑わす。

かつて津波二等兵と共に西湖津に赴き一個二円五十銭の小豆かけし餅を求め食す。忘れられず。

H　元山府行

六月初旬、暗号打ち合わせのため、元山府に小隊長を訪ね指導を受く。小京都の感のある静かな美しい街。計らずも広島当時世話になりし千葉暗号班長、新潟当時の中田修平一等兵と会え、懐かしさにたえず積もる想い出話に耽る。一泊翌朝帰隊す。

一　分隊の人々

飯田見士（見習士官）慶応出身、兵庫の人、温厚坊っちゃん型、酒呑まず、甘党、小説のみに耽る。

後藤見士（見習士官）逓官卒後、京城大に学ぶと称す。大分中学出身、尊大、自負心強し、器材、小説に詳し。

山下軍曹　香川高松在、温厚、田夫野人型、酒豪、余の病弱を知悉し、最後まで心配さる。

高野兵長　台南中学卒、台北高商中退、温厚、消極的、高文（高等文官試験）希望と言う。

山口兵長　東京、明大卒、消極的、意気地無し。経理担当、相当に不正多し。

北沢兵長　長野高商卒、暗夜の牛の如し、頭髪禿げ顔色黒し、結婚三カ月にして出征とか。

児島兵長　埼玉川越農蚕校出身、短軀、元気あり、九月の初年兵なれど、乙幹兵長たり。

皆川兵長　岩手県、短軀、呑助、自動車運転手、□□□に好敵手。

菊地上等兵　岩手県、美男子、通信最も巧者、酒豪、世話になる。

□□上等兵　東京、旋盤工、程度悪し、陰湿なる性格、家庭的に不遇の由。

太田一等兵　岐阜県、東京府立工芸出身、技術屋、ややニヒリスト、戦争の前途に衒学的悲観説を有す。強近視。

原田二等兵　単純、明朗なる青年、精力的、ややドモル、酒強し、踊り唄う。

春木一等兵　軟派型、ユダヤ人の如き鼻、やや性格的に変質さを感ず。最も仲悪し。

津波二等兵　沖縄出身、単純、熱し易し、余と最も語る、容貌魁偉、大食漢、電気に通ず。

鍋谷二等兵　北海道、単純、津波と親友、大食漢、落ち着きなし、天然痘の疑いにて咸興陸軍病院に入院す。

松本上等兵　和歌山中学卒、五年兵、名門の出身らしく、柔らかい関西弁「コチラ」と自称す。物資獲得、料理に手腕あり、長身、水泳巧みなり、終戦時、彼あればと思われし事屢々なり。

中垣兵長　水勤隊、岡山、朝鮮逓信書記、三十二歳、長身、肥大せし鼻、酒豪、弁に手先に巧者、曲者なり。後日シベリアにて世話になる。

矢内一等兵　九州、在鮮、警部、温厚、夜盲症、四十歳前後。

福光二等兵　在鮮、三十三歳、温厚に見ゆれど相当の骨あり。新津、石屋の

本山二等兵　兄貴の如き容貌、高商卒、会社員。長崎、女性的、陰鬱なる人、四十にして頭髪白し、手先甚だ器用、家庭に恵まれず四度目の妻と言う。

平野兵長　羅津より転属し来たる、熊本人、狡猾、典型的古年次兵、相手にせず。

前記の中、終戦前、菊地、松本上等兵は元山通信所、皆川兵長は羅津通信所に転属、終戦後、興南出発に際して後藤、飯田両見習士官、山下軍曹の三名居残り、結局、分隊員□□余とも十二名シベリアに赴く事になる。

昭和二十年八月七日、通信所移転。

五月末、興南着以来既に二カ月余、急速に夏訪れて樹々はいよいよ緑に、空青く、途行く鮮人の白衣が一段と白く見えるこの頃、大部隊の興南到着、引続き何んとなく時局の緊迫をひしひしと身近に感ずるようになった。

一日、故郷の敏子よりの便りにより、興南里の社宅に小林貫一氏を訪れる。折よく狩谷氏も在宅、奥様の話により貫一氏は、既に応召、羅南にあり、狩谷氏も十六日入隊との事、昼食馳走にあずかり帰隊す。尚、同家階上に笠原絹子嬢夫妻居住と聞き、少年の日の想い出夢の如く湧きおこり、無量の感を抱き帰る。

途次、北支より南下し来たる衣部隊に会う。数日してその中隊長より旅団通信所開設のため、我等の通信所明け渡しの交渉を受け、やむを得ずプール際の通信所を彼に譲り、六、七町離れた社宅街の真ん中の空家に移転す。

この度は五間程の独立住宅とて、甚だ手広く呑気なれども、蚊と南京虫の多きには参る。夕暮れ、ヨモギを採集、徹宵燻ぶせど効無きため、顔面いたく変化す。

器材の調節また思わしくなく、受信困難を感ず。分隊員また漸々倦怠の風あり。特に後藤見習士官、山下班長、山口兵長の面々、暇あれば各社宅を訪れ呑み歩く。

分隊各組毎に相嫉視しあい、見るに堪えず。今にして思えば敗戦の気、既に濃厚なりしと言うべきか。

昭和二十年八月十五日、停戦の大詔下る。

九日、ソビエト連邦参戦！　無線機は中隊本部のある羅津方面の状況を悲痛に伝えてくる。曰く「中隊は戦闘中隊となり前線に出動す」、曰く「貴隊は臨機の処置をとり事態切迫せば暗号書焼却、器材を処理して応変の態勢をとるべし」

十三日、羅津にありし石川見習士官、高橋上等兵他一名、突然に訪ね来たる。状況によれば羅津は敵の爆撃に潰え、中隊は退却、鏡城に南下。我等これより城津に向かい中隊と合せんと言う。

石川見習士官の如きは、日本刀を肩に吊し、さながら維新当時の志士の如き服装、態度。

気頗る荒く、飯田見習士官と口論反発し、翌朝早々に城津に向かう。

十四日、無線機は遂に入らず。連絡絶ゆ。

十五日正午、後藤見習士官と共に宿所より通信所に赴く途中、付近の社宅より若き婦人現れ、ただならぬ顔色にて重大放送ありと告げられる。玄関先にて待つ。ああこの放送が計らずも停戦の万止むなきに至りしとの陛下の御声であろうとは……。

ポツダム宣言受諾……放送の御声は重く弱く途絶えがちに我等の耳に入る。若き婦人はたえかねてすすり泣く。我等二人、頭を垂れ言葉も無く、呆然と顔見合わすのみ。この日午後より社宅街寂として声無く、恰《あたか》も全街喪に服するが如く静まりかえる。重く息苦しき程の沈黙深く深くたちこむ。

昭和二十年八月十八日、器材暗号書を処理す。

漸くにして北方よりの避難民続々と興南に殺到し来たる。同時に街歩く鮮人の眼鋭く尖り始め、不穏の気満ち満ち来たる。石川氏夫人の話では、既に一人歩き出来ぬかの如き状態。ラジオ放送は繰り返し「抵抗をやめソ連軍の武装解除を受くべし」と伝え、ソ連軍の進駐、身近に感ずるに至り、遂に器材を興南湾底深く沈め、同時に暗号書を焼却す。

次に問題は我等の進退、後藤見習士官は単身中隊本部の南下可能性のある城津に赴かんと主張し、飯田見習士官は命令無きに軽々しく動くべからずと唱う。余は分隊全員行を共にして南鮮に下らんと唱う。最もおかしきは中垣兵長始め在鮮の四名、今日南下せんと言いては止まり、明日は出発せんと予定まで準備しては止まり、遂に途中の危険伝わるに及んで各自の家に帰宅するを断念するに至り、後日シベリアへ連行さるるに至る。結局、我等全体、指導者の立場にある人々の不決断、不認識のため、進退を誤ちたる如し。

二十二日、下川氏夫人、子供四人連れ興南最後の船に乗船、敦賀に向け出港す。果たして無事内地に到着せしやいなや。後日、興南より元山沖に於てソ連軍に抑留せらるの報に接せしも確かならず。

昭和二十年八月二十六日、進駐ソ連軍に抑留せらる。

鮮人の邦人に対する白眼視日増しに強烈となり、既に独り歩きも出来ぬ状態。赤旗を先頭に鮮人青年の街頭行進も盛んに行われ、半ば動物的喚声、しきりに丘陵上の我等宿所を脅すに至った。隣りの武徳殿に前から駐屯し共同炊事を行っていた高射砲隊二十数名は既に自由解散を実行し、いずれも軍服を背広に着がえて別れ去るに至り、我等の分隊もまた動揺を来たし、解散、南下、北進と来る日も来る日も小田原評定の情けなさ。ある時の如きは日窒会社に潜伏せんとて職工の汚い服を借用し来たり。返却に大童の日もあったが、飯田、山下、中垣の三氏憲兵隊に出頭、「正式に武装解除を受けよ」の指示を得るに及んで漸く鎮静す。

しかし翌日、その憲兵隊もまた解散すとの情報に接し一同唖然、半ば魂を失うが如き虚脱状態となり、食って呑んで日を送る。

遂に二十六日朝来、ソ連軍、数台の戦車、トラックに乗じて進駐し来たり。宿所の前の広場に見馴れぬソ連兵の姿を見るに至った。前夜鮮人の示威行動に小銃五挺に磨きをかけて最悪の場合に備えていた我等、「来たるべきもの遂に来たる」の感深く、むしろ心の落ち着きを意識する程の状態であった。

果然午後に至り、巨大なるソ連将校三名、兵卒五名、鮮人青年二名を案内人として宿所に侵入し来たる。通訳らしき二名の鮮人、我等に武器の提出を命ず。小銃、実弾、帯剣を前にして、かの青年鮮人威高げになり、「小銃五とは何事だ。ピストルの無いのは隠したのであろう」と叫ぶ。飯田見習士官の言い訳も聞かず、

「内鮮一体とか美言をろうして日本人は我等になにをなしたるか。武器を隠して我等を失わんがためであろう」と半ばヒステリックに我等を罵り、侮辱の言をろうす。

それら見当違いの言に半ば憫笑を感ずると共に、心の底に何んとも言えぬ憤怒の情のこみあげ来たるを禁じ得なかった。

一方、ソ連将校は終始何も言わず、我等の私物等を簡単に調べ、特に自分の私物箱より薬物を発見し「オオ、アスピリン！」と明瞭に発音したるが未だに耳に残っている。

武器の押収終了と共に彼等にせきたてられて、一同戸外に連れ出さる。その時、自分は私物を残して官物のみ一まとめにし出てみれば、他の面々、官物を残して私物のみ持ちて来たる。慌てて引き返さんとすれど、ソ連歩兵銃をあげてさえぎり、遂に金五円也を要してプール番人の爺に作られし私物箱、内容共全部失うにいたる。つまらぬ所で要領の悪さを実感し、後日まで不自由を来たす事になった次第。

かくして十八名、前後左右にソ連歩兵に警護されて連行さる。沿道、鮮人の老若男女人垣を作りて我等を分からぬ言葉もて雑言す。黙々としてゆく事数丁、警察署裏の広場へ到着。その場に休息を命ぜらる。

警察署は進駐軍の宿所と覚しくソ連将兵四、五十名程忙しげに出入、中には頭部、手首等に真白い包帯を巻きし二、三の将校の姿を見受けた。歩哨一名監視の下に、我等は何の調べも無く遂に大地の上に一夜露宿するに至る。深更まで鮮人数百、我等の周囲を囲繞し、盛んに喚声をあげ、中には馬上に日本刀を抜きて、グルグル歩きまわっている白鉢巻の若者もいた。

さまざまの感慨胸裡を去来し、寝るに寝られず、さりとて□る元気なく一同思い思いの表情、姿勢もて一夜を明かす。

昭和二十年八月二十七日、竜城国民学校北支派遣衣四十四大隊に収容せらる。

翌朝二十八日、ソ連将校監視の下に付近の清掃終了後、再び歩哨に護衛せられて、夏の日盛りの道を一里程行軍、咸興途中の竜城国民学校に至る。

ここには停戦直前北支より南下し来たれる衣四十二、四十三、四十四の三大隊、約二千名、隣りの女学校舎の二つに分かれ収容されている中に我等十八名と途中より加われる地方人一名計十九名、本部千葉隊に編入せらる。

昨夜、今朝と食事も与えられず疲労困憊せし我等、漸く蘇生の思いにて校舎内に至る。早速昼食の給与を受けるが食器も何も無く（飯盒有せしは自分一人のみ）握り飯にして、什器はサイダー瓶を割りて急造す。

この日より約一カ月、九月下旬までこの校舎にこの部隊と共に生活するに至る。

部隊長は兵卒上がりと言われるK少佐、大兵肥満、傲慢無礼。典型的日本軍閥の悪標本の人物にて、ソ連側より監理官の役を奉せられ、大尉以下各中隊長を毎日の如く叱りつけ、落ち着きなき毎日を暮らす。

生活は単調にて、解除せし武器——砲、小銃、弾薬、帯剣、馬匹、各種車輛、糧秣その他無数の兵器、被服類をソ連側の指示の下に倉庫に納入して以来、毎日、角力、野球、演芸会、体操、遊戯等に日を送る。

軍歌演習、基本教練も当初実施せしが、ソ連側の命令かそれとも自発的か間も無く中止。専ら無為徒食のうちに過ごす。宝石をちりばめたるが如き夏の夜空をうち仰ぎ、軍歌、飯盛山、昭和維新の歌、中村□□□の歌等を円陣を作りて合唱する時、滂沱たる熱涙頬を伝わるを禁じ得なかった。

昭和二十年九月十八日、内地帰還の編成行わる。

九月に入りて現地自治の命下り、校庭を各中隊毎に縄張りし開墾、大根白菜等の種を蒔く。一方、身体壮健なる者を選んで海浜に出、貝類等を獲り来たる。果たしてこのまま越年するか、内地帰還は可能なりや不可能なりや、それともシベリア方面に連行、労役に従事せしめられるや、兵等の話題は集まればこの一点に集中せらる。大勢は年内を出でずして内地帰還に一致し、労役の点は十人のうち九人まで信ぜず。また、考えることもしなかったのは今にして思えば余りに甘き我等の頭脳であったと言わざるを得ない。

九月十八日深更、果然帰還の編成命令出で、校舎内外騒然たるうちに編成完了。余等十九名は四十四大隊の五中隊鈴木隊の各分隊に散り散りになる。被服受領、乾パン明太その他食糧受領、いよいよ内地へ帰れると将校も言明し、兵等も信じ、俄に士気上がり活気づく。

翌朝よりソ連側の巡視しきりに行われ、或いは服装検査、或いは人員検査、或る時の如きは女医による身体検査等連日行われ、編成に洩れし山下軍曹の如きは流石に少し「おかしいぞ」の言をなさしめれど、気の良い我等更に疑うともせず、父母弟妹への土産類の製造に忙しきは、今更ながらおかしく、あわれであった。給与は朝鮮名物の明太魚豊富のため、明けても暮れても汁に天プラに食し、白米適量、不足は無かった。入浴も二、三回会社の千人風呂に入る。待つべきは唯、出発命令のみ。今日か明日か、夜な夜なの夢に故郷を思い、父母妻子の姿を追い、一日千秋の思いにて日を送る。

昭和二十年九月二十四日、興南港出港。

九月二十二日、全員興南港に出動、荷役をなす。埠頭にはアメリカ製の汽船（七〇〇〇トン級）一隻横づけになり、我等一同、米六千俵、明太魚五千俵、味噌醤油数十樽積み込む。延々長蛇の列をなし、夜を徹して作業に従事。

「内地へ運ぶのだ、否、浦塩まで持ってゆき、一旦下ろして然して後我等は内地へ向かうのだ」等々のデマしきりに飛ぶ。さりながら未だ内地帰還を疑う者一名も無し。いじらしき程の張り切り方であった。

二十三日、待望の出発命令。午前四時、未明に起床、服装を整え港まで行軍。一夜を埠頭の倉庫内に明かし、翌日五食分の飯を配給、飯盒に詰めて午後乗船、甲板上に席を取る。乗船までの数時間、我等の屯ろせる場所にソ連兵卒出現し、手当たり次第我等の身体に触れ貴重品を奪取す。

時計、ケース、帯革、長靴、札入れ、憤怒を超越して浅間しくむしろ、憐れさを感ず。一同、出来るだけ集団を堅固にして彼等の侵入を許さざるよう、防御に努む。

二十四日午後七時、暮色漸く蒼然とし、星辰天空に瞬く頃、いかりをあげて船は港を出てゆく。

大尉以上は残留。小西、岩田中尉、栗原通訳、専ら折衝に当たる。通路という通路全部特段の監視をもって積み重ね、他部隊も合わせて総員四千名横になる事も不可能なる程満載す。

果たして内地か？　浦塩か？　一同、甲板に立ちて星辰を仰ぎ進路を確かめんとす。

さつさつたる海風、頬に心地よく、無言の喜びと期待の中に船は港外に進みたるが、依然として陸地は左方にあり、進路は西北、浦塩？　浦塩？　気味悪き不安の念、漸く胸裡を去来す。

シベリア篇

昭和二十年九月二十七日、ウラジオストック港到着。

船内に於けるソ連兵の暴行、日増しに増大。加うるに食糧の不足は空腹と不安の念を強くして、焦燥、危惧、かつて無い憂鬱の連続であった。夜毎ソ連兵は我等の就寝中を襲って装具の目ぼしきものを奪いとり、或いは厠へゆく途中を□□して身体検査を行い、自分も遂に一年少しの兵卒のために岡村氏より譲られし万年筆、ケースを強奪せらる。憤怒の情やる方なし。

食糧の配給は全然無く、五食分の飯盒の飯は最初の日に食いつくし、以来二日間僅かに生米を水に浸して味噌をつけ食し、それすら無き者は甲板に積みありし大豆の豆殻をナイフで削り、ねずみの如く囓りたる状態。鈴木中尉、剣を□□じて制御すれど飢えの誘惑は日本軍人としての誇りも何も無く、捨てありし馬鈴薯を生食するに至る。

最終日に至り交渉の結果、ソ連側の許可を得て、蒸気もて飯を炊けど四千名の大人数とて当たるものとては一日僅かにかかる一杯のみ、むしろ食して空腹の如何に苦しきを知るのみ。余の背嚢袋、多くの□□の下に隠して発見に困難なる状態にあったが、その中に乾パン一袋ありと告げるや、谷川兵長初め多くの戦友気の狂う如くたずね廻り遂に発見。鈴木中尉も手を出し皆に分配し食せし有様であった。

途中雄基沖と思われるあたりに暫し停船し、二十七日遂に浦塩港に入港す。険しき断崖に袋小路の如く囲まれし天然の良港。水碧く周囲の断崖上に立ち並ぶ白亜の建物、繋留中の数十隻の貨物船、客船、更に軍船よりは絶え間なくラジオによる音楽、舞い飛ぶカモメの乱舞と鳴き声、我等の耳に聞こえて来る。

昭和二十年九月三十日、浦塩に上陸。

四千の兵員唯呆然と虚脱せし面持にて眺めるのみ。

二十八日朝来より雨。甲板にありし我等、僅かに天幕を被りて凌ぐ。夜映画を上映。西部戦線に働くソ連兵の巨大なる顔の大写しのみ妙に印象的に残る。

二十九日、三十日、留まる事三日にして遂に下船命令出ず。何処からとも無く「浦塩の奥五千粁余の地点に収容される……」との報伝わる。この時まで黙々と一段高き甲板上に、日本将校らしく泰然と無感情の表情宜しく座っていた我等の中隊長鈴木中尉、

「ちぇ！　矢張りだまされたか！」一言を痛烈に発す。

してみれば将校と雖も全然この度の航路については存知せざる訳であったのか。ああ今にして思う。興南出港の荷役の最後に漬し味噌樽を放置せんとした我等に対し、かの草野少佐が「おまえ達の食糧だぞ。あと何カ月かかるか分か

らぬ。持ってゆけ！」とヒステリックに叫んだあの言葉。その時は「何をおかしな事を」と念頭に入れなかったが、既にあの時我等の運命はかく決していた訳なのだ。

前日より夜を徹して船内の米、明太魚の俵を波止場に数え易く積み重ね、三十日下船。一食分の明太魚を当座の食糧として渡され行軍を開始す。

前夜より部隊は幾つかに小区分され、杉浦上等兵は第一中隊に編入されて二百五十名程先に下船し、何処とも無く連れゆかる。四千名のうち我等と共に最後まで行軍せしは僅かに四百名（第三中隊□□）程。他は全部散り散りに各収容先に連行せらるるに至る。

昭和二十年十月一日、ウーゴリナヤ収容所着。

幻滅の行軍、敗残の行軍、極言すれば死の行軍か。今は内地帰還の希望も喜びも総て失い去り、唯動物的に重き背嚢を背に、空腹なる肉体を抱えて黙々と進みゆく我等。大小とりどりの石塊の坂道を幾度か上り下りし道行く見馴れたるソ連人の好奇と侮蔑の眼を全身に意識しつつ、漸くにして浦塩の中心市内に入る。

両側に立ち並ぶ灰色の高層建築、鈴なりの電車、疾走する自動車の群れ、男女相抱いて悠々歩道をゆく市民の姿。日は漸く暮れなんとして残照僅かに行手の舗道を照らし、中秋の気温は俄に下がり始め、寒さいよいよ身にしみ来たる。

毛布四枚、背嚢袋、□□、飯盒、水筒、銃こそ無けれその重量はひしひしと肩にくいこみ来たり、ともすれば全神経の急止してぶったおれんというような眩惑を感ずるようになる。夕暗の中に小休止。冷たい舗道の上に仰向けに寝転び明太魚を噛る。皮をむき、乾ききったこの魚の肉味は何本食べても空腹の身には何物にもかえ難い美味だ。

宿所は何処？　と語る暇も無く歩哨にせき立てられて街を抜け、暗黒の中を唯、歩く、歩く。

黒々と奇怪なる影を映して右手に高き断崖迫り、左は河か沼地か判別し難いが、水面より湧き上ると思われる濛々たる妖気を含んだ水蒸気、あたりにたちこめて、昔楽しんだ「フランケンシュタイン映画」の場面を想起せしむる様な道である。

空腹と疲労と睡眠と漸く肉体をさいなみ始め、後方より悲痛な叫びが再三冷気をきりて伝え来たる。

「オーイ一名谷底へ転落、先頭止まれ！」

「オーイ先頭停止！　輜重車遅れた！」

「先頭へ□□伝！　一名自動車にひかれた！」

聞く度に無意識の中に立ち止まり、命令も待たずひっくり返る。

正直な所犠牲者に対する同情よりも、今は疲労に自分自身が失われがちになっている自分達であった。

深更、とある農園の跡らしき広場に到着。今夜はここで野宿と伝令来たる。

如何に捕虜とは言いながら雨露を凌ぐ場所すらも与えられざるか！　とは言い、今は事の是非を考えるよりは眠いのみ。一同装具をたてに重ね並べ、毛布を敷き被り、枯れ草の上を吹き渡りゆく異国の□風にそぞろ魂を冷やさせつつ間もなく深き眠りに入る。

暁と共に起床。待望の飯盒炊さん。急いでありったけの飯を炊き食し、詰める。直ちに出発。

柔らかき秋の陽、昨夜来の憂悶を払いのける様に全身にふりそそぐ。自動車二台到着。病人、虚弱者を乗車させせんと言う。

余班長の許しを得て（森班長）乗り、一足先に走り去る。道は坦々たるコンクリート。両側は見馴れぬ緑の樹々深々と立ち並ぶ樹林地帯。その緑の奥に白亜の建物がチラチラと点在し、短いスカートの若い婦人の姿が時々見られる。

恰も散歩道、ハイキングコースを走りゆく感がした。同乗のソ連歩哨も陽気に口笛を吹き、女性の姿を見つけるやピューと巧みなる合図を送り、分からぬ言葉もて我等に話しかけた。

午後漸く一集落に入りややと中間の広場に立ち並ぶ兵舎らしきものの中に入る。周囲は四重の鉄柵をもて取り囲み四隅に望楼と覚しき櫓が設けられている。ああ、これこそこれより半年の捕虜生活を送るに至るウーゴリナヤ収容所であったのだ。

A ウーゴリナヤ収容所の設備

浦塩西約六十粁程の同名の町外れにあり、故郷新津の町設グラウンドに比して少々狭いと思われる面積を有し、四重の鉄条網に周囲を固められ、東に面して木柵による入口あり。そのかたわらに粗末なる衛兵所設けられ（後に煉瓦造りとなる）週番士官一名歩哨一名交替に勤務す。

中には四棟の平屋造りの建物あり。その中の最も大なる建物を兵舎にして、前部と後部を更に区分し四内務班に分かち、中央の部分を医務室と病院に当つ。

この兵舎と広場を隔てて直角に位置する一棟を大きく二区分して炊事と食堂とし、その背後に半ば地下室造りの洗濯場あり。更に兵舎と炊事との中間少し西にて本部、将校室、行李班の一棟がある。

もとよりアパート式ソ連造りの特長として、各建物の中央には廊下あり、こんなところにと思われる程の狭き小部屋が幾つも幾つも設けられている。窓は全部二重造り、壁は揃って白色をもって彩られ、遠目には相当に美麗なれども実際は至る房崩れ、僅かに雨を凌ぐに足る程度の粗末さである。

水道も井戸も無く、飲料水は毎日行李班の手によって外部から運搬される不自由さ。洗濯は柵の外にかなり大きな浅き井戸あり。許可を得ては洗う。

便所は西の隅にあり。当初は大小便ともに露天の急造の穴にて行う。寒さに向かうに至り板葺きもて造りしが、隙間より吹雪入りこみ来たり、その寒さ言語に絶する程であった。

収容人員は当初四百名余、衣第四十四大隊第三中隊、四中隊、大隊長、岩田

中尉、中隊長、鈴木両中尉、栗原通訳、柴山曹長、石津軍曹、太田伍長等が幹部であった。

B　付近の景観

収容所付近の景観は全く殺風景の一語に尽きる程の情趣も何も無い荒涼たるものである。

緩い丘陵の波の上をならしたばかりの土地とて、青い樹木一本も無く、雑草と赤い煉瓦の破片の散在。野糞さえ処々に見られるほどの味気なさ。東西に遠く山脈が走り、それに続く丘陵が収容所の三面を波のようにおしよせて来ている。

東二百米ほどの地点に細長く横たわっているのが煉瓦工場。大戦中、作業中止の状態にあったのであろう。窓ガラスは殆んどこわれ、周囲雑草に掩われて人の気とても感じられない不気味さ。北五百米ほどの小高い所に半ばこわれかけた板塀に囲まれて自動車工場が種々雑多な器材の屑と共に静まりかえっている。

その他付近に点在している住宅はいずれも低い平屋の陋屋と言った感じの古びたものばかり。僅かに北東の鉄条網の直ぐ側にあるパン工場兼食堂と、後で知った司令部の建物のみがやや小ぢんまりとして、相当の落ち着きをもって立っている。

一般住宅はいずれもアパート式に区切られ、各部屋の窓辺に揃って赤い鉢植の花を幾つも飾ってあるのは、その色彩の濃厚さと家そのものの古さとが妙な対照をなして、見る眼に妙な感じを起こさしめる。道路も何もゴッチャになっている広場、空地には野放しの豚、鶏、家鴨、鵞鳥がそれぞれ特異の啼き声を立ててうろつき廻っている。すべてが野趣と言うには少し足りない白々とした感じを与える眺めではある。

C　毎日の生活

兵舎内部は真ん中の通路をはさんで両側は各々二段に仕切られ、凹凸のある板を敷きつめ兵隊は各自莚を探して来て並べ、その上に毛布を敷き或いは包まれゴロ寝をやる。

約一間の板の上に四人乃至五人寝るのであるから正しく仰臥する事は出来ず、右か左に体を横にして寝る以外の方法は無い。板の割れ目が多いから上段のゴミが容赦なく下段へ落ちて来る。特に食事時には参ってしまう。

柵も何も無い簡素を通り越して不便極まり無い内部構造ではあったが、そこは世界一に手まめ足まめの日本兵の事だ、各自の席がきまると同時に何処から集めて来たか忽ちのうちに板片をもって食器棚、整頓棚を作り釘を打って衣服掛けを設け、中には飯台、煙草の灰皿からスプーン、箸、パイプの類まで細工してしまう。

朝六時（五時の事もある）起床。体操五分間、食事、一眠り、八時作業整列

（衛兵所を出る時人員検査、時間を多大に要す）。十二時〜一時食事、五時乃至六時終了帰営。七時食事、八時、人員点呼（ソ連週番士官による。例の鈍重と馬鹿丁寧で寒さの時は全く参る）。九時就寝。以上が大体の日課である。

日曜は当収容所は概ね休みであったが、必ず朝から清掃喧しく、午前中大半を要し、各臨時使役が必ずあったから、日曜は寧ろ嫌なくらい不規則に使われる。内務班内は電灯少なく、ロウソクのあるうちはロウソク、無くなった後は食料油を炊事から少量配給を受けたが毎日は当たらず、暗闇の中に食事を済ませ直ちに寝る事が多かった。

D　給与（米三〇〇g、麦一五〇g、黒パン□g、砂糖一五g、塩一〇g、魚一五g、油一〇g、煙草□□）

希望も計画も何も無い絶望と失意の俘虜生活とて、毎日の食事が自分達にとって最も大なる期待であり楽しみでもあった。

後日中央病院に入院して各収容所からの患者達より聞いた他収容所の食事と比較すれば、大体量的にも質的にも良かったように思われるが、その当時は質よりも量の不足に毎日餓鬼の如く空腹を抱いて、喰べたい喰べたいの一念に終日悩まされる。

朝昼は雑穀の飯、魚（生食の鮭、鰊、鱈類）氷った漬物等、夕食は黒パン、スープ、砂糖（時に油、バター類）。

しかして主食に当たる雑穀は七日乃至十日目毎に種類が変わり、何んでも十幾種類の物を喰べさせられた様である。例えば麦類（大麦、小麦、燕麦）、高粱、粟、パン粉、片栗粉、小豆、キビ粉等々の類である。後になって白米も給与されたがいずれも半ばドロッとしたすこぶる柔いもので、箸にはかからずスプーンを用いて食せざるを得なかった程度のものである。黒パンは割に美味しく、大体二五〇〜三〇〇グラム程、砂糖マッチ箱に八分位も、スープは当初明太魚汁、後に酸っぱい漬け野菜（キャベツ人参類）の汁、魚の入った米の汁等で、食事も時々ソーセージ、魚等を一緒に煮こんですこぶる美味なる時もあったが、いかんせん柔らかく、しかも大概飯盒一本二人、時には三人程度の量とて、せめて飯盒に七分……が毎時の愚痴であり、はかない希望であった。

以上、量的に極めて少なかったためにその配給方法の平等が俄然問題となり、隙さえあれば一粒の飯と雖も我食せんとして、浅ましき程食事時には喧噪と罵声とをもって終始した事は今思っても顔のあからむ思いがする次第である。煙草は刻み、マホルカ等一日五グラム程度の配給あり。やや不足を感ずる程度であった。

E　衛生

①　医務室

ソ連側に女軍医（階級中尉二十歳前後、美貌手腕あり）看護婦（二十九歳、四十歳を越すと思われる程の女、猿に似た顔、我等はババと呼ぶ、案外に人良し）の二名。日本側は太田衛生伍長（北海道出身、北大医科中退と自称す。外科手術相当の巧者）を中心に小坂兵長、赤尾兵長、堀田上等兵（歯科）その他衛生兵三名程、二十一年春になって高橋衛生少尉（山形高校卒、新潟医大小児科）加わる。

午前と午後の二度診断あり。当初は女軍医、之に当たっていたが、後に結婚か転勤か理由は不明であったが収容所を去ったため、高橋軍医交替に来たり診断に当たりしが、実際はババの権威大にして、就寝許可も薬品購入も入室入院もすべて彼女の意見によるものであった。

診断の区別は、

就業　…薬を呉れる程度にて作業に従事せしむ。

激務休…収容所外の過激労働には従事せしめず。収容所内の軽作業に従事、無き時は内務班に休養。但し横臥できず。

就寝　…一日寝台上に臥床、静養す。三日越えず。仲々この判定は与えられず。

入室　…医務室内の病院に入る。給与も一般と異なり多少栄養あるものを給す。点呼なし。調子快ければ直ちに退室を命ぜらる。

入院　…二十一年三月頃より中央病院開設に伴い重症と思われる者を移す。退院してもこの収容所に大抵帰らず、他へ移さるるが如し。

就寝以上は概ね診断時の検温三十八度を越えなければならぬを原則としているため、実際に苦痛を感じても平温なれば就寝許可されず、作業に出なければならず悲惨なる場合あり。

入室患者は概ね二十名内外収容しうる設備、鉄製の二段の寝台、蒲団毛布あり。薬品も相当に浦塩より直接受領し来たり。カンフル、ブドウ糖注射等行う。

患者の病気は疥癬、感冒、下痢、痔、打撲、□□等が主であって、兵自身の緊張もあり、割に病人は出なかった様である。自分の居た二十年十月より二十一年六月初めまでの間死亡せし者は、

急性肺炎　三名

肋膜炎　一名（大久保上等兵）

尚、太田伍長赤痢を病み、予防注射全員行う。その他、心配せられし伝染病も発生せず幸福であった。

②　洗濯

当初は各自休日を利して収容所外の池に行っていたが、作業の激烈とそれに伴う不潔、余暇無き等のため、虱の発生猛烈となり、後に洗濯係を独立せしめ、一週間くらいごとに、各自の襦袢、股下をまとめ出し洗濯係これを熱湯にて煮沸し、洗い乾して返却するに至り、漸く虱減少、その脅威より免かれるを得る。

尚、各自の毛布軍衣外套一切、煮沸車による消毒を実施し、駆除に努む。ソ連側特に喧しく、一匹と雖も身体に付着し居れば、入院、入室を許可しないと言った程の厳重さであった。自分も朝夕二度ずつ検して、二、三十匹の収獲をあげる事は普通であった。兵等はこれを大戦果と称す。

F　娯楽

当初は食って働いて寝る、唯それのみの生活であったが、年改まってからソ連側の許可と言うよりすすめに依り、第一回の演芸会、食堂に開催され、その出演者の中の優秀者を集めて角井伍長を中心に、角井劇団を組織、月に二回ほどの公演を行う。主なるメンバーは、

角井伍長　…自称イノケン
　講談、物語、小唄（荒神山、関の弥太っぺ）
新井上等兵…歌謡曲
□□□□　…女形
□□□□　…女形
山崎兵長　…ヤクザ、歌謡曲

出し物は主として講談、歌謡曲、劇と言っても低調な港のヤクザ者が主で、

その他孫悟空などが行われた。

後に五月に入って内務班の一室を劇場らしく装飾し、新たに医務室の太田伍長を中心にミュージックボーイ一座を組織し、歌に踊りに音楽に頗る派手に賑やかに公開するに至り、ソ連側の将兵も観覧に来るといった具合に仲々盛んになって来た。

尚、栗原通訳はアコーディオンの名手とかで唯一度、外国物、ボレロ、ハンガリ幻想曲を演奏した事があったが、その時、ソ連将校の浮かれ出て、独創的なタップを舞台上に踊った者があったが、彼等の音楽好きな一面を興味深く眺める事が出来た次第である。


(衛生の項)

③ 入浴(バーニャ)

約二カ月に三回入浴を行う。最初二回程、収容所より四粁ほど離れた町の大衆浴場に赴いて行ったが、後に煉瓦工場の左端にあるソ連歩哨の詰め所の一室を改造して浴場を建設させるに至った。

入浴と言っても内地のそれと全く異なって、要約すれば熱湯を鉄管より各自容器に配給を受け、それをもって体を洗う程度で、最初の町の浴場はそれでも熱湯、水も多量に放出され体を温めるストーブの設備もあり衛生的で良かったが、後の煉瓦工場のそれに至っては湯も少なく、おまけに後になると殆んど冷水に近く、脱衣場も外にあり、冬季の入浴は全く有難迷惑を通り越して苦痛さえ感ずる程であった。しかも四百人の人員を一日か二日に入れるのであるから時間にかまわず、夜中の一時二時でも順番によりて行われるのであるから堪えられない。その上、員数を毎度調査するため、少々体の調子が悪いと言っても入浴を拒否することは許されず、自分の如きは俘虜生活中、この入浴が最も嫌いなものの一つであった程である。

④ 理髪

食堂の一隅に理髪屋あり。兵隊二名専属になって行う。頭は全部丸刈り、髭も全部落とされる。粗野の癖ありながらソ連係員はこの頭髪と髭を伸ばすをうるさく干渉し、実施させるのは一寸矛盾を感ずる次第であった。しかるに時々不意に行われる内務班検査の時には刃物という刃物を全部取り上げられるのでこの時はバリカン、カミソリ共に無くなり、半月も理髪休業。従って兵隊の髭面が増えるといった珍風景を現出する事も間々あった。

G 体格等位

この制度は確か三月より実施されたように記憶するが、如何にも共産主義下の現実主義国家のソ連らしく、我々俘虜の体格を調べ、その強弱を決定して、分に応じた労働を行わしめるのである。

但しその名の示す如く体格であって、内部の諸器官の診断でない点が多少のユーモアを感ぜしめるものである。即ち月末（大概二十五日）ソ連軍医の立ち会いの下に、一人一人半裸体にして一見、一番二番三番五番の等位を宣告し、翌日直ちにその体格等位に応じた作業割り当ての編成を行うのである。

この宣告の規準は前述せし如く内部器官をも含めた全体的のものでなく、簡単にいえば肥えているか痩せているかに依って決定するのである。やせてさえいれば三番は先ず間違いない所、当時、入室でもしておれば五番となる。

一番二番の者は最も労働力の要る煉瓦工場、自動車工場勤務（但し自動車工場は大体技術者を固定させている）三番は農場その他の雑役、五番は営内にあって就寝許可に近い口語で「フショウレイメイ」（永久練兵休）と言われ、何もしないで暇さえあれば寝ている。給与も一般と異なり肉類油類を給し、栄養を殊更に摂らせる様にし全体の羨望の的となる。自分の如きは当初から五番三番を上下し、制度施行以来、激しい筋肉労働を行わずに済み、今更ながらやせている事に対し父母に遠く感謝したものである。

公平と言えば公平ではあるが、何故か原始的な動物性的な気持ちを感じるのは自分だけではなかったようである。

全く心臓を悪くしている者、呼吸器に異常を自覚している者でも肥大の故に重労働従事の一番を宣告されているのを見るのは決して他人事とは思われない、情け無さを感ずるのであった。

増食一五〇%　五〇g　二〇〇%　一〇〇g〜三〇〇gまで

H　作業（アラボータ）

当収容所に到着して以来約七日間は何もしないで休養を与えられたが、七日後は各組に分かれて作業に従事するに至る。「何しろ働かざる者食う可からず」の鉄の原則をモットーとしている国だけに徹底的に働かされるものである。

多少の雨雪等の天候は問題にならず、時には時間の定めも無く、いわんや自己の体の調子など診断の手続きを経ない限りは絶対と言ってよいくらい認められず、唯々諾々として働かされた。

然しその後体格等位が行われる頃から八時間制が実行され、時間的にはやや規則正しくなって来たが、今度はその代わり時間内に於けるパーセンテージが問題となり請負的に或るいは強制的に馬車馬の如く追いたてられ始めた。

ハラショアラボータ（良い労働）には食料の増配があり、ニハラショアラボータ（悪い労働）には営倉入りの罰が加わる様になって来るのは、一般ソ連人労働者と同じ状況下に我々の労働力が取り上げられたものと歎息された。

次に作業の種類を大別すると営外作業、営内作業（諸勤務）の二つに分けられる。

イ　営外作業

①　煉瓦工場

当収容所の俘虜の主力は専らこの工場に向けられるものらしく、人数も二百に近く、後、昼夜に交替制となったこともあり、その作業成績は直接我々の食糧、待遇に響いて来るものがあった。仕事の内容は、

A　土　工　…約三十名単位、工場裏の粘土を掘る。

B　トラクター…その粘土をトラクターで工場へ運搬す。四名位。

C　プレス　…粘土を砂と共にベルトで工場内へ運び切断、乾燥室へ運んで乾燥さす。三十名余。

D　ペーチカ　…乾燥室より乾燥煉瓦をトロッコで運び出し大ペーチカの中に積み重ね、火力をもって焼く。十五名余。

E　ターチカ　…焼き上げられた煉瓦を外部に出して整頓す。十名余。最も衛生的に悪く灰を被って真白になって働く。

F　火　夫　…ペーチカの火を年中燃焼さす。従って昼夜交替して働く。六名余。阿部班長、小西兵長、専門的に続ける。

G　陶　器　…煉瓦工場の隣屋にあるもので、土工によって運ばれた粘土を利用し各種の茶碗、コップ等を作り焼く。六名。

以上の如く各種の仕事に分かれ、各職場にはソ連技術者二名くらいずつついており、我々を指導し監督する組織になっている。

最も記憶に残る技術者としてペーチカ監督のカピトンなる青年がある。年齢三十歳前後、六尺豊かな大男、右足跛、酒も煙草ものまず唯労働の権化の如く働く。朝早くから夜遅くまで跛ひきひき監督し廻る大男の姿、悪夢の如く、今も忘れる事の出来ぬ程こき使われたものである。

以上の仕事の他に完成された赤煉瓦を更に駅まで自動車で運んで貨車に積みこむ仕事、ペーチカ用の石炭を炭坑より自動車運搬をやる者、石炭の代わりに薪を製材所に於いて製材する者、大工、鍛冶等々大局的には効率は悪いが組織だけは一応整っている様である。

問題は働く人で最も苦しい立場にあったのはプレス。即ち機械相手の仕事とて怠ける事が出来ず、フラフラになるまで追われて働かなければならぬ状態であった。その他は概ね要領宜しく作業に従事。出来得る限り精力の消耗を避けんとしていたが、矢張りそこは日本人の気質とて請負的にやられるとガムシャラになって働き能率を上げる結果、更に仕事を加重されるといった具合に、相当に利用され働かされたようである。

② 自動車工場

この工場は各々一定の技術を必要とする関係上、予め、兵隊の職業を調査し、五十名程を選定して最初から固定的に作業に従事せしめたため、等位による編成替えにも余り変化無く、終始一貫して勤務し得たのでソ連側との情的接触も深まり、作業の能率も上がり比較的楽にしかも成績も良く増食者も他の煉瓦工場などに比して多く、一般に羨望視された程であった。

自分は無技術のため、僅かに雑役二、三日働いただけでその組織に関してはあまり知る所が無かったが、旋盤、鍛冶、電気、トラクター等々の部門に分かれ、時間的にも規則正しく、殆んど内地の会社工場に勤務するのと変わらない程度の自由さがあった様である。

興南以来の戦友、太田、鍋谷、小出の三君、終始同工場に勤務。特に太田一等兵は工業学校出身者とて電気係にあり、自己の仕事に満足して働いていたようである。

要するに技術者優遇のソ連主義がここにもよく現れている訳である。

③ **雑　役**

イ　石炭掘り…炭坑でなくして露天に積み重ねられている石炭を掘る。二米近くの鉄棒と十字シャベルを持ちて、十二月、一月のあの寒気の中に奮闘した事が今吏夢のように想い出される。

ロ　水道直し…水道係りのソ連人に連れられて、寒気のためこわれた水道を直して歩く。

ハ　道路工事……十字を振って新開地の道路溝等を工事す。寒さと仕事の単調さに参る。

ニ　飛行場……収容所より自動車にて二十分西北にある飛行場のトーチカ崩し、地ならし等の作業で相当の肉体的労働ではあったが、昼食に、高粱飯の中に肉ソーセージの入った頗る美味いものを多量に給されたので希望者続出であった。

ホ　糧秣運搬……浦塩まで自動車で二時間余、糧秣を受領して来て収容所前の倉庫に納入す。月に二回程であったが、喰べられる事と、情報入手の便があったので歓迎された。

④　**集団農場（コルホーズ）**

全員の最も希望と憧れをもった作業はこのコルホーズで、必ずしも昼食に給与される馬鈴薯、スープの魅力のみでなく、温かき太陽の下に柔らかき大地に親しみて、澄んだ大気を胸一杯呼吸し得る一日の生活が懐かしく恋しかったものと思われる。

収容所到着の二十年十月は、丁度馬鈴薯の収穫期とて殆んど全員交替で付近の農場に出かけ、丘陵上の寒風に吹かれながらそれでも愉快に土に親しんだものである。

ああ！　枯れ草の上に横になりながら、現地でふかした取り立ての薯を囓るのは、全く何んともいえない味と慶びを感ぜしむるものがあった。

二十一年三月、四月は徒歩で十五分程の小農場に、三番五番の虚弱者のみ十名単位で専門的に出かけ、麦の選別、脱穀等にあたった。同農場の長はまだ白面の青年で、すぐるレニングラードの激戦に胸をやられ、右胸部右腕の自由を失った名誉ある少尉殿で、日本の軍人とはおよそ異なる温和親切、情味たっぷりな人物で我等虚弱者に殊の外同情をよせ、作業も無理を言わず、昼食も栄養たっぷりのスープ類を摂らせ、煙草も折々自宅から持参してきて給与してくれたくらいで、その人格には本当に頭が下がる程であった。然し、休憩時話題一変、戦争に及べば流石に少壮士官らしく頰を紅潮させ、語気も潑溂としてモスクワ攻防戦、レニングラード包囲戦に如何に独軍を撃退せしかを地上に地図を画きながら、分からぬ言葉もて我等に説明し、時の経つのも忘却する有様であった。

この尊敬すべき農場長の信頼に対し、兵等の一部が如何に俘虜生活の窮乏と卑屈さから来るとはいえ、麦、豆等の穀物をかすめ持ち帰り来たり、再三歩哨に発見され、彼に迷惑を及ぼせしは申し訳無き次第であった。

五月、六月には自動車にて二十分程の浦塩街道に面したかなり大きいコルホーズへ、二十名単位のこれも専属的に毎日出かけ、主として開墾、温床造り、馬鈴薯植え、肥料運搬等の相当筋肉労働に従事した。

昼食は馬鈴薯一人宛一キロ半、その他キャベツ人参のロシア漬物が給せられ、帰れば昼飯と夕飯が一度に食べられるといった訳で、余り持参してきた馬鈴薯でキントンを作り、黒パンに塗って食べたり、漬物を戦友に分けて悦ばれたり、この期間は健康も上乗、真黒になって体力を回復して自ら悦んでおったが、計らざりき胃を痛め、遂に収容所を去らねばならぬ仕儀になったのは皮肉であった。

この農場長は前の若き少尉と異なり六十近い、白髯の老人で虚弱者としての取り扱いは全然なく、一人前の労働力を評価しての働きを要求し、係りの指導員、特に女連中の我等を使う事、煉瓦工場以上の事が屡々あったが、土地の高さによる見晴らしの絶景、緑の樹林、穀物の豊富といった条件に恵まれ、甚だ愉快に一日一日を送り得たのは何んと言っても幸福であった。

ロ　営内作業

初めは主として北支衣部隊より引き続き各勤務員は続行してきたが、体格等位実施後は、三番、五番の者を充当するようになる。但し、主要なる幹部は一、二名必ず等位に関係無く□続させられた。

① 週番

ソ連側週番二名に対してこちらも二名（当初は柴山曹長、石神軍曹、後に柴山曹長は事務専属となり、上野軍曹に代わる）あり。仕事はソ連側各作業場よりの人員差出書をソ連週番より受領して（午後）、就寝前に各班長に明日の作業地、人員を割り当て指示し、翌朝の出勤時ソ連週番と共にその呼び出し督促に当たる。最も重要にして憎まれ役。生来どもりの石神班長、誠実と不屈の活動力をもちてこの任に当たり、ソ連、日本両方より絶大の信頼と親愛の情もて迎えられていた。

② 炊事

約十名内外、糧秣の受領（毎日）、献立、支給、仲々の仕事にて心身を労すること甚だし。しかも一般兵より嫉妬され炊事肥りと皮肉らる。

③　洗濯

四名、新井上等兵主となり、一日約二百枚前後を洗う。腹の立つこと甚だし。但し一年中身体綺麗にいられる事は役得なり。

④　行李班

糧秣運搬、炊事用清水運搬、燃料その他すべての運搬を行う。

⑤　その他

理髪二、縫工二、製革二、伝令一、医務室六、七名（後に三名）、等ありパン工場二名。

Ⅰ　ウーゴリナヤ収容所に於ける我が生活

以上大体同収容所に於ける一般記述を認めたが、自己の生活記録は果たして如何にというに、生来の病弱と要領の良さから比較的危険なしかも筋肉労働には従事せず。容易な楽な作業を追って割に変化の多い生活を続け、体力の摩耗を免れ得た事は幸せであった。

(1)　馬鈴薯掘り……二十年十月一杯。

(2)　煉瓦工場……大木組に属して十一月、十二月、主としてペーチカ作業に従事。

(3)　入　室　……二十一年一月元旦より胃を痛め入室一週間、退室後、間もなく再び調子悪く一カ月近く入室。

(4)　集団農場……例の小農場へ五人交替に出かけ、春浅き大地の香りに親しむ。三月。

(5)　諸営内勤務…間もなく等位の結果、三番となり、炊事一週間、洗濯二十日程勤務、いずれも勤務主任の古参兵共と合わず依願免官となる。四月。

(6)　集団農場……再び大農場へ二十名単位、堀井分隊長と共に出動、真黒になり体力を増す。五月。

要するに二十年度の三カ月は一般兵と同じくハラショアラボータを続け得たが、年改まってから持病の胃痛が始まり、医務室の厄介になるばかり、流石のソ連軍医も呆れ返る程のニハラショアラボータを続行、殆んど内務班にゴロゴロして、その他調子のよい時は農場勤務と言った具合で、自他共に病弱をもって許されたのは、後の結果からみて幸福であった次第である。

J　ウーゴリナヤ収容所における忘れ得ぬ事ども

①　夢声とアポキン

いずれもソ連側週番に対する我等の愛称。夢声とは我銀幕並に実際に有名なる徳川夢声氏に酷似したる少尉殿、村夫子然として一向に気のきかぬ鈍感さをもちながら何となく愛嬌とユーモアを感ぜしめる男。人員点呼の如き僅かに四百名の人員調査に際し、一度によく勘定し得ず何度も何度も繰り返す始末。一月、二月のあの殺人的寒気の中にも、何の感情も示さず黙々と調べ歩いていたあの姿、兵等も「夢声殿では……」と誰も諦めて文句を言う者もないといえる具合だ。典型的なロシア人気質の士官であった。一日、石神班長、□本上等兵の三人で彼に連れられマヨール（少佐）の畑を耕し、ついでに彼の新たに求めたという土地の開墾をやり、昼食を彼の下宿で馳走になった事があったが、黒パン、馬鈴薯、漬物、ドロップス、茶と沢山に並べ、終始ニコニコして我等にすすめてやまなかった好人物らしいあの顔を今更ながらなつかしく微笑ましく思われてならない。

アポキンの由って来たる理由は残念ながら知らない。或いは彼の本名かもしれない。夢声と異なって栗色の房々とした頭髪、薄紅色の頬、帽子を何時も横にかぶって華やかな服装に身を固め、モスクワの中心に出しても少しの遜色も無いと思われるスタイルで溌溂と歩いている若き中尉殿。夢声の半分にも足らない速さで人員点呼も作業割り当ても片づけてしまう頭の良さ、それでいて石神班長に言わせれば夢声の方が人間的で、しかも確実と誠実をもっているというのだから人間は分からないものである。

② 大久保上等兵の死

北鮮以来の大木分隊に於けるロートル組の戦友大久保□助が二月の厳寒の最中、医務室の電気も無い暗い一隅に枯れ木のように本当にポックリと死んでいった。

病名は肋膜炎。土工作業中発熱、倒れてかつぎこまれ、診断した時既に万事休止の状態であったと言う。それだけペーチカ時代、石炭掘りに自分と異なって真正直に無理して働いていたのだ。そういえば常に力無く咳ばかりしていた彼であった。

気が弱くて古年次兵に似ず、人間らしく初年兵に「ロートル、ロートル」と常に馬鹿にされ、石炭掘りの最中……二等兵のために一撃を受け鼻血を出して倒れた。年齢より年寄りめいた生気の無い顔が忘れられない。

「飯が不味い、砂糖がなめたいなー」と入室の一週間中呆けたような、それでいて一種のおかしみをもった声色で呟き、せがみ、皆から「大久保、確りしろ」と力づけられ、落ちくぼんだ眼をこう上向きにあけ「大丈夫、死ぬものか……」と決まって答えていた彼。収容所長の少佐（マヨール）までが彼に同情してその願い通り一缶の砂糖をわざわざ持ってきてくれた程、死に直面して死を知らず、思わなかった彼は、一種の人間離れした境地にあって人を引きつける何ものかをもっているようだった。

埼玉、秩父付近の生まれ、時計商、有妻、子一人と聞いていたが訪ねるべくも未だその機を得ず申し訳ない次第である。

ロートルといえば茅ヶ崎の醸造の□□熊沢正松氏、同じく谷川財閥の谷川逸平氏、阿蘇の養蜂家松村□□氏、いずれも想い出多く忘れ得ぬ人々である。

③ カピトン

青いズボン、青い外套、その上青いハンチングを少し斜めにかぶり右足の不自由のため、大きく跛をひきひきそれでも我々のとても真似の出来ぬほどスピーディな大股で、あの薄暗い煉瓦工場の中を歩き廻っている彼の姿が奇怪な映像と共に脳裡を離れる事が無い。

ウクライナ生まれで三十二歳。煉瓦工場のペーチカ技術の徴用者。粗野ながらソ連人特有の鈍重と粘りを有し、労働の権化のように働いてうまぬ彼。煙草も酒もやらず、ただ、アラボータ、アラボータが彼の生活であり、楽しみであった彼、彼によって我々は、

アラボータ(労働、作業)

ハラショ（よろしい）
スマトリ（見よ）
等の口語を最初に身をもって知った次第である。要領のよい日本の兵隊がどんなに彼の隙をねらって、さぼり隠れても「ハラショ、ハラショ」と叫んだきり、一度と雖も拳を上げた事も無く、むしろ底知れぬ怪腕をふるって率先、自ら作業に従っている彼の愚鈍に近い仕事に対する誠実さに流石に悪賢い日本の兵隊も、根気負けといったような形になり、後にはよく働くようになったものである。
ただ、彼の欠点は仕事に対する思いきりが悪く、どんなに一生懸命に働いて八時間の仕事を五時間であげても、必ず一つ、二つのおまけを命令する習性が耐えられない。憤怒の情を起こさしめた！　彼のために惜しむ次第である。
「ズタスト、ガマルゲール」朝早く、残雪を蹴ってアパートから工場へやって来る彼に呼びかけると、「オーズタスト、ヤッポンスキー」と赤ら顔を一層赤らめて処女の如くはにかみ返答する彼。ともあれ今となっては憎めない好人物の彼ではあった。

④　歩哨イワノフ

歩哨イワノフは所謂正規軍ではなく、例の浦塩街道に面した集団農場の専門歩哨と言った軍曹上がりの人物だ。

年齢二十六、七歳、中肉中背、鷲鼻の赤ら顔のカビトンとは異なって蒼い夢見るような瞳を持った温和な青年だ。

我々俘虜に対する態度は全く人間的で、国境を越え、階級を越えた温かみをもった接し方であった。

「ダイ、クリー」と言えば必ず煙草をポケットから出してくれる。「ボリノイ」と言えば病人は休めと言って仕事はさせなかったし、時間以外の作業に対しては断乎として農場側の要求を退け我々を護ってくれた。愛すべき彼、イワノフ。

毎朝九時、専用の自動車で迎えに来て、六時には決まって収容所前まで送ってくれる彼。車上では陽気に口笛を吹きニコニコして絶えず話しかけて来る。どうした機会からであったか□□を、特に意識して殊更に作業割当に際しては炊事とか雑用といった、容易でしかも楽しみのある仕事を振り当ててくれる彼。一度その返礼の情を含めて配給になった□□スペアーの巻煙草を出してすすめたら、

「ヤポン　クリー　マラー（日本煙草小さい）ロスキームーガー（沢山）と言って慌てて拒絶して決して吸わなかった謙譲さ。

「マダム、エース（女あるか）」と来たから誰にも見せず肌身につけていた愛妻の写真を見せたら、

「オーヤポンマダム、ハラショ！」と叫んで自分のポケットから粗末な紙を綴じたアルバムを出し、母、妹、愛人といった沢山の女ばかりの写真を説明し、堪えられないといった調子で踊り出してしまった彼、青緑に燃えたつ農場の風

景を背景に彼の若々しい姿を想い出さずにはいられなかった。

日本新聞友の会投書箱
壁新聞　委員会購読

⑤ 所内の民主化運動

相川春喜（講座派）

宗像肇、中村主筆　九月頃

二十年九月、ソ連軍に抑留されて以来、文字に電波に、風の便りにすら故国との交渉を一切途絶させられた我々にとって、この侘しい灰色の収容所内に於ける話題はきまって帰還の日の事、それに伴う故国の敗戦後の現実、個人としての生き方、家族の噂それのみに集中していたといってよい。殊に、二六時中、文学に親しみ、それを除いては虚脱状態にあったといってもよい自分達にとっては、半月に一遍程配給される日本新聞の一枚が、全く天にも地にも代え難い貴重なしかも最大な悦びをもった贈り物であった。

この新聞は二十一年度に入ってから渡されるようになったもので、本社はハバロフスクにあり、日本俘虜高山某等の編輯によるタブロイド型四面よりなるもので、一面は米国の動き、平和会議と言った世界情勢。二面は日本の社会情態、三面は天皇制、共産党と社会党、財閥、軍閥等の暴露についての論説、四面はソ連勝利の原因、文化機関の発展等についての宣伝的解説からなり、これを読む兵隊達の間には「デマ宣伝」だなど口でこそ内地現実の悲惨なるニュース（失業者一千万、インフレ大根一本十円、ゼネストの連続、天皇制のからくり）に対して拒否的口吻を洩らす者が多かったが、心の中ではいずれも肯定する何ものかが徐々に増大してゆくようであった。また、記事の中には各収容所内に於いて「友の会」なるものの組織が行われ、軍閥主義打倒、民主主義化の実現等についての活発なる運動が伝えられ、漸くこの収容所内に於いても階級制度への批判と撤廃、私的制裁の撲滅等が叫ばれるに至り、将校、下士官の言説、態度等も徐々に変化して来たようであった。

四、五月に入って半ばヒステリックな軍国主義的大隊長Ｉ中尉が何時の間にか軍人とは見えない程□□な容姿を持てる輪瀬□□と代わり、栗原通訳に代わるに共産主義者と自ら称する□□通訳が赴任するに至り、民主化運動も漸く現実化し、壁新聞の発行、投書箱の設置、遂には委員会の発会と選挙が行われ、十八名の執行委員が全員の中から選ばれるに至ったが、第一位が浦塩方面より三月下旬百名余りの主にロートル部隊よりなる一行と共に転属して来た□□准尉、二位が石神班長、更に兵として谷川兵長が相当な票数をもって当選し、大隊長、中隊長、柴山曹長といった幹部連中がやっと尻の方に当選しているという皮肉な現実を呈する有様であった。

また一方、この時に至りソ連側の動きも積極的になり、その現れとして浦塩管理局より二度程宣伝大尉が女通訳を帯同、全員を前にして故国の状勢、ソ連の方針等を説明し、更に一般兵の質疑に答えるなど、仲々に活発になっていった次第である。

然し大勢は、依然として保守的勢力が根強く、階級制度は厳然として存在し、初年兵の苦しみは少しも変化が無かったと思われる。

⑥　その他

その他忘れ得ぬ出来事として、
・山の神様（六年兵打倒□期兵の会□）
・私的制裁
・墓掘り
・マヨール（少佐）について
・虱とり
・私物検査
等々想い出が幾つも幾つも想い出され、ああ、過去の苦痛は満たされたる現実を前にしては限り無い幸福な回想であることよ！

昭和二十一年六月三日、ウーゴリナヤ収容所発。ウラジオ第八収容所に到着。

全員の話題と待望の焦点であった一月帰還説、四月復員説も淡雪の如くはかなく消え去りゆき、風こそ寒けれ周囲の山々漸く新緑に彩り、畑の黒土柔らかく見渡したれる五月、突然病弱者二十名、転属の命下り熊沢、稲葉、池田のロートル組の面々を初めとして、三番五番の馴染みの様々のメンバー大部分、新しき被服の交付を受け、慌ただしく自動車に乗って収容所を去って行った。

丁度、自分は農場作業に出かけ帰営して戦友よりその人選が浦塩より来たれる軍医中佐の立ち会いの下に行われ、主として痩型の者のみ選定せられ、自分の名も候補者の中にあったと告げられ、幸福の駒鳥をつかみそこなえるが如き心地して、失望のどん底に沈み去りゆきし。二十名の人々を羨ましくねたましくさえ感じていたところ、六月には第二次選定の報下り雀躍、応ぜんとしたため、太田伍長何故かさえぎりて止めんとす。

「転属だぞ。内地帰還第二艇団なんてあてにならんぞ」と不思議と思われるくらい中止せしめんとしたが、予感というか直感というか、この機会を逸してはと胸に沸る激情と共に彼の言を押し切り、検査に応じ例のババの前に立てば果たして合格。明日出発との事。

翌日自分を入れて九名の病弱者、前回通り新被服の交付を受け、四、五日前、他の農場より病気のため、当収容所へ収容されていた二十名の他部隊の者と合計二十九名、三日午後二時、自動車にて出発す。衛門前までババ、大隊長以下幹部見送りに来たる。感慨無量の思い胸に迫り、去る者、送る者真情を表にあらわして別れの言葉をかわす。時にババ、つと自分の傍らに来たり「オー、ホンマハラショ！」ときづかわしそうに問う。その容貌の険しさに似ぬ真心のあらわれた言葉に打たれ、自分も鼻声になり「ハラショ、ハラショ、シパシーバー」と答えれば、さも悦ばしげに二、三度肯く。

ああ、想い出の収容所ウーゴリナヤよさらば！

懐かしき衣部隊の戦友よいざさらば！

自動車は六月の暖かき陽を一杯に浴びて浦塩街道を走りゆく。出発前より我等この度の前途に対して「第二提団内地帰還」の噂自他共に語られていた事とて、一気に浦塩港に達するものと思っていたのに、自動車は走る事二時間、浦塩市街の入り口少し入った収容所前に到着（後で聞くところに依ればこれが第八収容所）。待たされる事、二時間。漸く被服検査を受けて所内の兵舎の一隅に落ち着く事を得た。落ち着いたとはいえ、毛布無しの汚い平板の上にゴロ寝の悲惨さ。おまけに一行中の日向野兵長、出発前の急性肺炎再び盛り返して発熱四一度の高熱。直ちに入院と言う悲報に全員前途の暗澹さを暗示されるかの心地して、限り無き悲哀の情に襲わる。

当収容所は全員五百余名くらい、元大倉庫を修理して兵舎に改造。水道設備、便所、娯楽室等ウーゴリナヤより勝り、給与も朝晩、白米、スープ、昼、パン、スープ、砂糖と変わる具合で遥かに栄養があった。作業は駅の荷積み下ろし、工場勤務と変わった程度で自分等も翌日一日、駅に出かけ、貨車の煉瓦下ろしに使われ不平やる方なき日を暮らした。

五日、他収容所より約三十名余の病弱者集合、その夜出発の命下って二台の自動車に便乗、一気に浦塩港に向かう。日向野兵長発熱依然として生死の境を上下し、自分もまた胃痛甚だしく、車上苦痛のうめきを漏らし続けるという誠に苦しく情けない行程であった。

九名（山田兵長、日向野兵長、松浦上等兵、東山一等兵、山田班長、本間上等兵、岡本一等兵、鈴木一等兵、奥崎一等兵）。

昭和二十一年六月六日、浦塩洞窟病院に入る。

五日夜、深更の浦塩市街を疾走し、潮の香りにそれと知られる波止場近くの鉄道線路付近に停止。待ち構えていた□□局将校の点呼を受け自分等九名を残して他の者は全部停車していた貨車に収容せられ、疑惑に私語を続ける我々は再び自動車に追い乗せられ行方も知らず運び去られる事になった。

命令下達の敏速にして予期し得ざるはこの国に来たり十二分に知り得てはいたが、この度のこの処置は全く想像もし得なかった事で、人一人通らぬ暗夜の市街を通り抜け郊外とおぼしき地方なる山道を上下、濛々たる霧に包まれたる橋を渡り、とある山上の仮建築の病院に到着した。

即ち浦塩洞窟病院とて、森山軍医大尉以下数名の将校の手厚い看病を受け、立派なる鉄製寝台上に案内せられ休養する事になった。

翌日、診断。自分は矢張り胃潰瘍、日向野兵長は肺炎、他はマラリヤ、栄養失調の判定を下され、近日中に中央病院に転送されると告げられ内地帰還も一場の夢と化し、いよいよ本格的に白衣生活に入る事に決した訳。それにしても自分の如き胃痛これ甚だしけれ、元より持病にて胃酸過多程度のものを事もあろうに胃潰瘍とは、日本軍医も相当のものと心中微苦笑を禁じ得なかった。

当病院は他に結核患者四名、作業員十名余の小病院。給与も全く悪く、一同悲鳴をあぐ。計らずも炊事班長に広島時代教育を受けた千葉班長に面会、なつかしき次第であった。

昭和二十一年六月九日、中央病院に入院。

九日、車上の人となり想い出の浦塩街道を逆に走る。再び見ずと別れて来たウーゴリナヤ収容所を右に見て、かねて噂に聞いていた中央病院に入る。名こそスターリン直轄の中央病院と物々しいが、実際は丘陵の上の平地に建てられた三棟の平屋からなり、一面の茫々たる草地とそのまわりをめぐらす例の二条の鉄条網からなり、いささか失望と憂鬱を感じた次第。

入り口に近き天幕に入れられて私物検査、マッチ、刃物、鉛筆といったものは容赦なく取り上げられ、次に所持品一切、記録後、袋に入れて運び去られ、全くの裸体となって入浴、頭髪と脇の下の毛、陰部の毛まで剃り落とされ苦笑のうちに上下真白の襦袢、股下を着用。病名によりて各病棟に別れ別れに案内された。

A　病棟

定員三百名前後の所、実際は六百名を突破し、各木製寝台に二名の原則を三名臥床、尚足らずの現況、従って外科も内科もごっちゃになっていたが、大体五棟に区分され、

第一病棟……結核性の者
第二病棟……軽度の内部疾患者
第三病棟……マラリヤ、外科
第四病棟……手術患者
第五病棟……隔離者、下痢、その他伝染性

となり、各病棟にソ連軍医二名（少佐、大尉）、看護婦長一名（中尉）、看護婦、掃除婦、給与係、被服係各一名、内□二名配属され、それを援助するに日本軍

医少尉二名、下士官各一名ぐらい、その他衛生兵、セネタールと称する炊事掃除の雑用者五、六名ぐらいずつ任用されていた。

B　日課

起　床……七時（同時に毛布、蒲団の塵払い）
体　操……ラジオ体操（第一、第二連続、寒日は天突き体操）
朝　食……八時（ミルク一合、米）
虱検査……九時
診　断……（引き続き午後まで行われる）
中間昼食……十二時（粟か高粱）
昼　食……二時（パン、スープ、バター、砂糖、カンポート、果汁、高粱）
夕　食……八時（ミルク、米）
就　寝……九時（不寝番一名）

徹底した休養主義で、診断は三日に一度くらいで後は唯寝台上で寝ているばかり。投薬は毎日三回行われるが、病名によっては全然与えられず全く食って寝る事以外に無く、余程の重症でない限り一カ月乃至二カ月で全治して退院してゆく状態であった。

歯科は大概午後一時頃より日本軍医の手によって、各病棟毎に順を追って行われた。その他一週に二度理髪屋（女）の出張により全員理髪と髯剃を実施。半月に一回くらい入浴。同時にセネタール諸君の手により大掃除、被服類の交換が行われ、清々しい気持ちになる事が出来た。

C　給与

作業無しの休養主義とて量的には収容所より少なく、栄養こそ配慮されてあるとはいえ、根が大食いの兵隊共の事とて腹の空く事、話にならず。中には一日も早く退院して収容所へ帰りたいと願う者すらあった程。僅かに昼食のみが腹八分目になる程度、従って半月もすると足がフラフラになり、体力の衰耗をひしひしと感じられてくる。日本人は大食いで胃腸病が多いと言われるが、長年の習慣は矢張りある程度、つめこまないとどうも元気が出ないのが本当らしい。

但し、栄養的には俘虜として身分以上、例えば朝夜のミルク、食事毎に美味い油の調理、生魚の生食、パンに付加するバター、砂糖という具合で、余りに美味いだけに量の少ないのが毎食ごとに恨めしい気持ちを起こさしめた。

普通食（粟、高粱、米）、患者食（三度米）、無塩食（三度米、塩気なし）の区別あり。診断により軍医より掲示される。その他、下痢患者には焼きパン、壊血病者には野菜の油揚げといったものが支給された。

ソ連側の主計の発表によれば黒パン、雑穀共に相当多量の割当てになっているのであるが、何しろ看護婦以下の女連中が多勢付属しているので横流しが多く、時々暴露されては左遷等も行われる事もあったが、正直な所、当病院の女共は程度が悪かったようである。

然し煙草の配給だけは収容所より遥かに多く、巻紙と共に充分吸って余る程で、毎日寝台上で手巻きの巻煙草を作るのが主なる仕事であった。

尚、参考までに記せば穀物はすべて粥の固め程度の柔らかさによく煮てあり、いずれも油を多量にまぜてあり美味なるものであった。スープはスープ粉或いは大豆の粉、乾燥ジャガイモ、ウドン、米等で、ロシアスープの名に背かず最も待たれるものであった。唯、食事毎に残念だったのは器物が少なく（各病棟に三十人分位）、交替交替に食べるので、昼食の如き種類の多き時は一昼時、一時間余もかかり、折角の料理も各個別に喰わざるを得ぬため、満腹感が減少し物足りぬ次第であった。

D 娯楽

凡そこの中央病院程、娯楽機関に乏しい存在は他にあるまい。雑誌一冊ある訳でなし、運動器具は勿論、楽器も無く、各収容所に行われている演芸会も開催されず、唯、喰って寝る徹底した静養主義であった。然しそこは矢張り日本兵の事、何時の間にか将棋、囲碁の用具を作って寝台上で行い、外では野球、輪投げを食事後やると言った具合で、終いにはソ連側の将校、歩哨、女連中まで仲間に入って興ずると言った具合で、矢張り日本人だなあと感心させられた。日本では小学校の子供すら知り行っている野球をソ連将校は知らず、そのルールについて熱心に聞いている彼等の姿を見るにつけ、素朴なあくまで素朴な彼等の文化的一面を知り得たような気がして微笑ましく思われた。

E　患者と軍医

この付近数十カ所の収容所から集まって来る患者とて、病名も多種多彩、ソ連軍医も苦笑する程怪しげなものも多かった。

一番目につくのは何んと言っても炭坑、伐採等で腕を脚を痛めた外傷患者。ビタミンC不足から足の曲がった壊血病、一眼にそれと分かる青白い内臓疾病患者等で、その他マラリヤ、下痢、腎臓、黄疸、神経麻痺等であったが、総括すれば栄養不良、或いは失調と称すは唯、痩せているだけの頗る怪しげな患者が多かったように思われる。

ボケテイルノサ……と兵隊自身が語り合っている如く、一度この病院に入った者は昨日の激しい労働に対する熱を全く失って、完全に弱々しく病人になりきりトボトボとさも頼りなげに歩き廻っている始末。それでいて一度退院の宣告を下されるや颯爽と軍服に着換えて元気よく出かけてゆくのであるから、可笑しなものである。

それだけに怪しげな日本兵の病気訴えを真摯に耳を傾け治療してくれるソ連軍医の疑いを知らぬあの優しさの前には頭が下がる思いがする。各病棟毎に男の少佐が一名ずつついて居り他に、女の少佐が二人程居たようである。自分の入った第三病棟には五十前後の男の少佐と二十九歳という女の少佐がいたが、どちらも優しく熱心で重症患者の居る時の如きは徹夜までして当たる誠実さ、殊に女の方は腕も確かで日本語も相当にやり、

「ドコ痛い、便通ありますか……」

と必ず尋ね、自分等一同、この軍医の前には頭が上がらなかった。顔は決して美しい方では無かったが凜々しい軍服と少佐の肩章、理知的な眼と鼻の感じが自然と尊敬の眼をはらわせたようである。

彼等軍医は病院付近のアパートに宿し、付属の食堂で食事をし九時に出勤、午後の診断を終えると五時過ぎ帰って行く。一週に一度くらい会合して何か語り合っている。死者があれば必ず解剖を行い研究してるようであった。技術、特に外科の手術方面は劣っているように思われたが、ともかく誠実で熱心に臨床する態度は、傲慢で粗雑な日本の軍医に比して気持ちのよいものがあった。

Ｆ　病院内に於ける我が生活

九日、第三病棟に入室。女軍医の診断を受け翌日より男の軍医に代わる。入院後一週間にして胃痛消え去り普通状態となったが、例のボケ手段で診断毎に苦痛を訴える。

その罰か報いか重症外科患者専門の第五病棟が新設されるに及んで、手術患者の有力候補の一人として十五名の選定の中に入り、第三病棟より転送。□□寝具一切が新しく清潔で気持ちは良かったが係りの軍医少佐（六尺豊な未だ若い堂々たる人物）と看護婦長（真黒い髪、高い鼻、東洋型）から胃癌の宣告を受け手術を促され、参ってしまった。

殊に軍医は熱心で自分の肥大せる胃を図解までして毎朝の診断ごとに切開を主張。目の当たり手術の原始的なるを見ているだけに承諾どころか恐怖さえ感じて、「ハラショ、ハラショ」と逃げ廻ったので遂に感情を害せしものか、ラーゲル（収容所）行きを宣告され、一カ月に満たずして退院する事となる。

退院候補者は前日各収容所から人員補完のために出張し来たる軍医の前に一応診断を受け、決定翌日直ちに被服を受領して歩哨に引率、収容所に赴くのであるが、誠に忙しく追い立てられ寸刻の余裕も無く知友に別れも何も出来ず、被服すら自己の物が大概当たらぬといった具合で、飽くまでソ連式退院風景を現出するのである。

第五病棟で知り得た知友、渡辺辰夫兄、藤沢さんに惜しまれつつ退院準備をなす。

体の調子は四、五日前より渡辺さん下痢のため、彼の分とも二食分食したため再び胃痛始まり甚だ不安なる状態であったが、今は如何せん手術されるより出た方が……といった人と異なる退院理由をもって諦めざるを得なかった。

昭和二十一年六月二十九日、退院、アルチョンヌ第二収容所に入る。

この日、退院者七十名と共に午後四時過ぎ徒歩にて線路沿いに第二収容所へ向かう。昨日同収容所女軍医カチューシャ中尉殿の来院により大体、第二行きとは覚悟していたが、いよいよ確定してみると死刑台に連れていかれる囚人の如き思いに襲われる。

というのは中央病院に集まった各収容所からの患者達の話によると、どうも第二収容所は最も労働激しく、最も給与芳しからざる事に自他共に認めざるを得ない様子であったからである。

炭坑専門で休日も無く同じアルチョンヌ市でも第一収容所に較べると雲泥の差ありと聞かされ、自ら招いたとは言いながらこの度の退院行きを呪わざるを得なかったが、後の祭り如何せんだ。

四十分にして到着。果たして最初から印象が悪い。収容人員二千名に近い大収容所とてやむを得ないといえばそれまでであるが、茫々たる草っ原、半ば崩れかかった兵舎、至る所に木片、汚物が散在し、集まる兵隊連中の顔色の蒼さ、被服の汚なさ、炭坑中隊の名に背かぬ現実の姿に、気の弱い自分なぞすでに半病人の気持ちになってしまった。

しかも収容された兵舎は粗末な天幕舎、月が洩る、風が入る、雨ともなれば至るところが洩り、吹き込む。昼暑く、夜寒くいやはやとんでもない所へ来たと後悔する。

部隊は衣第四十二、三大隊、大隊長は小西大尉、弱冠二十七、八歳の代表的日本将校。七中隊よりなり、自分等七十名は七中隊富坂小隊に入る。

「明日より作業あり」と宣告され、それ来たと一同深い吐息をつく。電灯も何も無く、真暗い幕舎の中で、病院と異なる燕麦のゴツゴツ飯を味気なく食べて最初の一夜を送る。（毛布なし、板の上に五十嵐、梅津の戦友の毛布を敷き外套を掛け臥す）。

A　同収容所に於ける生活

翌日直ちに営内作業、自分等五名は炊事の米つきと脱穀を一日命ぜられ翌日より一里程離れた第一農場へ徒歩で出かけ、その次は自動車で一時間半余の二号農場へ赴き、四日目に歩いて四十分程の四号農場の温床整理作業に就業中、再び胃痛を起こし半日休養、帰営後診断を受けて付属病院に入院と決定す。

この四日間の作業中、運悪く大雨来たり、衣服は勿論下帯まで濡れてしかも作業続行、俘虜生活の悲惨さをこの時程痛切に味わわせられた事はない。

胃痛を幸いに強硬に診断を受け、胃癌の宣告を受けたる事ありと述べ、元里軍造軍医大尉を見事にかついで入院。自分ながら苦笑を禁じ得なかった。

B　入院生活

十二号室まであり、マラリヤ患者が大部分を占めていた。給与は炊事より別に受けたが内容はさして一般と変わりなく、病院とは名ばかりであった。入院するともともと大した胃病でもないので痛みも止まり、食欲も出て来たがここが我慢の仕所と食事をせず診断毎に苦痛を訴え、遂に軍医をして再び中央病院送りを決定せしめた。

但し今度入院したらソ連軍医を信じて手術をしてもらうようにとカチューシャ中尉の注意あり。自分としても果たして中央病院ゆきが自己にとって幸福かどうか頗る不安であったが、ままよ、どうにかなると例の楽観性を発揮して、五名の重症患者と共に再び中央病院に送られる事になった次第である。

昭和二十一年七月六日、再び中央病院に入院す。

第一回の退院後僅かに一週間にして再び入院行。然しこの度は手術をかけたいわば生命を賭した入院とて、何かしら心の平静を欠く不安極まる精神状態であった。

果たして例の天幕内で副院長の調べに直面した時、肥満せる少佐殿、自分の病状に関する報告書を一瞥するやいなやにやっと意味深い笑いを唇に浮かべて、手術患者の入っている第五病棟を指さし自分に同意を求める。

ここが生命の瀬戸際と自分は怪しげなロシア語をもって「胃はすっかり快く

なった。今度の入院は下痢だ下痢だ」と強く述べ主張したので副院長殿は怪しんで頭を振っていたが、自分の真白い常ならぬ舌の変化を見るに及んで漸く合点して入院許可。第三病棟に入る事になった。これで第一の虎の口を逃れた訳。しかし安心はならぬとなるべく第五病棟に近づかぬ様、ましてや手術狂のような少佐や例の看護婦長殿に見つからぬよう、便所へ行くにも散歩するにも注意怠りなく日を送る。

幸いなる哉、間もなく手術少佐殿転任と決定して、若い大尉が第五病棟に赴任して来るに及び漸く安心す。

然し七月の終わり夕食後、漸く暗くなりかけた草っ原で不意に看護婦長に正面よりぶつかり、

「オウ、ホンマ、ホンマ?」と呼びかけられた時には流石に冷汗三斗の思いであったが、しらばくれて頭を振り、私は胃痛でなく頭が悪いと分からぬロシア語で打ち消し、漸く逃れる事が出来たが未だ不審な面持で二、三度振り返って

いった。あの東洋人的黒い髪と皮膚をもった若い看護婦長の顔が忘れられない。

Ａ　日本軍医

入院後間もなく第三病棟に二人の若い軍医候補生上がりの階級軍曹とかいう医者の卵が配属された。

言わばソ連側軍医の助手という格で、一応彼等両少佐の診断を受け、軽いと思われた者が毎日のようにこの二人に診られる訳であるが、迷惑なのは患者達……例によって傲慢無礼、依然として階級制度の鬼の如くつまらぬ気合いをかけて自分達の若さを殊更糊塗しようとする態度が面白くなかったのだ。

そこへゆくとソ連側の例の老少佐の如き人種を超越し、立場を離れて親切丁寧、あくまで職務に忠実に、科学者らしい冷静と温情とをもって我々に対してくれた事に対し、本当に頭が下がる思いがした。やがて老少佐は満期となって若い大尉（カピタン）と交替して病院を去っていったが、モスクワの街の我が家に帰り、多くの子供孫達に囲まれて、ニコニコ、ヤポン捕虜の話をしている彼の老好爺ぶりが彷彿と眼に浮かぶ次第である。

B　アライヤー

第三病棟の給与兼被服係りの管理人アライヤーは若く美しくしかも牝豹のように精悍な乙女だ。金髪、白皙、柔くしかも張り切った肉体。正に群鶏の鶴といった際だった存在。曽て一日本の患者が例の悪い手癖を発揮して敷布一枚、腹巻にかすめた事件が暴露した時、その腹巻をもちハッシハッシと患者の横面を打ち、その不正をなじって止まなかった。それは美の化身の如き姿で凄絶と言った感じで眺めたものであった。

C　作業

全然作業をしなかった患者達もソ連側機構の変化からか、次第に種々の軽作業に駆り立てられるようになって来る。例えば近所の集団農場（コルホーズ）へ毎日二十名ぐらいずつ行くようになったり、病院前の被服庫の整理、貨車よりの糧秣下ろし、草取り、ビタミンCの薬草取りと言った具合に適当に使われだした。

自分も元々悪くない体なので忽ち軍医に軽患者の判定を受けコルホーズ行きの候補者にあげられたが、一日、三十九度の発熱、下痢をして、それ以来、例の悪い悪いの主張を頑張り続けて、遂に一日も炎天下に細い体を曝らさずに済んだ。全く要領のよい自分であった。

D　忘れ得ぬ戦友

ウーゴリナヤ以来の山口、岡本、鈴木、糸崎、堀尾の戦友は何処とも知れず次々に退院去りゆき、藤沢兄また第一収容所へ、日向野、石橋の二氏は第二へ。残るは渡辺兄のみ。どちらも淋しく毎日午後一回はどちらからか訪ね行き、故郷の話に時を忘れ勝ちであった。

伐採当時、右脚を折り、今もって跛ひきひき歩いている加茂農林出身の温厚な紳士、渡辺辰夫氏、ああ今頃は何処の地に故郷を偲んで居る事か。

また、徳島、富岡中、高知高校、京大英文科、九大日本史卒、北支の文化顧問の仕事をしていたという秦□守氏も忘れ得ぬ存在である。同時に彼との交際中、将来復員の暁、社会運動への実践へと心に期する機を得た事も銘記すべき事であった。

E　セネタール

セネタールは鱈腹食って患者の羨望のまとだった。若い中学上がりの連中が半ばを占めて、ロシア語も相当にやり、給与係の他に通訳、衛生兵のことまでして俘虜とは思えぬ朗らかさで暮らしている彼等、シャクに障る事もあったが、ソ連側炊事婦にまで必要以外に頭を下げ使われている彼等の呆けた若さを憐れまずにはいられなかった。

昭和二十一年八月二十一日、退院、再び中央病院より第二収容所に入る。数十カ所の収容所からの患者の集合所とて色々のデマが飛ぶ。

・病院は八月末か十一月末閉鎖になる。
・某収容所は移動を始めた。
・米国より俘虜送還に関して申し入れがあった。
・英露の関係が相当に切迫している。
・以後マラリヤ患者は患者として受け付けない。

等々、完全なるデマもあれば後日うなずかれる事実もあった。殊にマラリヤ患者に対しては直ぐ事実になって現れ、各病棟の同患者百名近く二十一日退院の命下り、被服受給に大騒ぎとなった。自分等は関係無い事と高をくくってその日寝台上に安悦の夢を貪っていた後、午後になって俄に自分他、稲垣、志村、

□□の四名、新任の大尉殿の前に呼ばれ「二キロ程歩けるか、向こうへ行って病院給与を受けるからそのつもりで仕度せよ」と優しくしかもキッパリと言われ慌てて環境整理、被服受給となったが、この度の入院は四十日余の長期間とて自分の物は一物も見当たらず一品ずつ他人の品を受領する始末。漸くそれでも準備なり他のマラリヤ患者と合同。聞くところによれば殆ど第二収容所より来たれる者ばかりとて、行く先は再び炭坑中隊と覚悟せざるを得なかった。

午後より再三猛烈なる驟雨あり。天幕内にて最後の豪華なる昼食を食べ、四時出発。再び第二収容所へ向かう。例の元里軍医之を迎え、我等四名の中、志村氏に代るに山本氏を入れ、病院より連絡あり。一日練休を与えられ、他の者は翌日より直ちに作業申し渡される。相変わらずの使い方、一同顔を見合わせて太い吐息をつくばかりであった。

A　四類患者

第二収容所は炭坑専門の仕事上、練兵休は仲々与えられず診断も厳格にて、発熱三十七度五分以上を規準として少々の病気など受付けず、ために主任軍医の土屋軍医はソ連ユリヤ軍医の如き性格上、神経質の理由もあったが、一般より極端に恨まれていた。従って四名の自称重症患者も問題にはならず、一日の休養を終えると直ちに作業を宣告されたが、長期間の入院生活のため、スッカリ作業熱意を失っていた自分は、執拗と自分ながら思う程、医務室の土屋軍医、病院の元里、光野両軍医に食い下がり、一日延ばしに練兵休を取り、終わりには光野軍医の前に坐り込み戦術に出、入院を強要するなど随分積極的に出たため、折良くカチューシャ軍医来合わせ、この四名はもともと治癒してないのを退院させて来たのであるから、四類患者として永久練兵休――仕事をさせないで、うんと食わせてやれと診断書を書くに至り、医務室のユリヤ軍医も遂に承諾し二十□□□の際、自分と稲垣兵長、山本上等兵の三名は正式に四類として五日間ずつの練兵休を貰い、以後二カ月間、完全に作業に出ず静養、体力の消耗を避け得る事が出来るに至ったのである。

この収容所の体格等位は一類二類三類と称せられ、二類までが炭坑作業、三類が地上の農場、材木工場担当、四類は自分等が初めて後に、稲垣氏と二人のみになる。

二千名のうち、僅かに二人、しかも自分は胃癌というので中隊給与の他に病院給与を受け、白米粥、油のスープを食べ、二食をとる機会をつかんだため、空腹を更に知らず、全くもって幸福極まりなき日常を送り得た事を深く感謝する次第であった。

B 給与

前回入所当時と異なり立派な炊事場が新設され、病院自体も付属の炊事（二名、石井軍曹、田中上等兵）を持って独立し、一般に良くなっていた。

朝　燕麦（飯盒一本三名）パン粉

昼　パン、スープ、砂糖（パン一斤、パン三名、スープ四名）

夜　白米、スープ（一本四名、スープ三名）

病院も大体同種類であったが白米も固くよく炊けており、殊にスープが油ソーセージが入り、全部食堂で頗る衛生的に気持ち良く食べることができた。

秋、野菜の収穫期に入ってからスープの中に野菜も入り、殊に馬鈴薯が炊事にも入り、農場から勝手に各自が持ち帰って料理をする事が盛んになり、栄養上恵まれた生活をなすことが出来たようである。

その他、収容所独特のビタミンC補給のためのドロップ、毎日の砂糖配給の代品として一週一度のアンパン、紅茶等が上り、一般の不評も余り適評でない程、給与は悪くない様であった。

但し、煙草だけは二〇〇g六、七名単位で十日目毎に配給になり、いずれも三日間くらいしかもたず、煙草の根茎さては向日葵の類までこいできて□っいてのむ有様であった。

炭坑中隊だけはハラショアラボータに対する給料が出るので、マホルカを購入、相当に余裕があったようである。

昼食の黒パンは必ず朝食と同時に上るので、兵隊は大概朝飯と同時に食って弁当なしで作業に出るが、味は酸味があって余り美味くなかったが、後に兵隊の手で一キロパンを製造するようになってからかなり美味になることが出来た。

C　炭坑中隊

アルチョンヌ市全体が炭坑を中心とした街だけに、同市内に収容される日本兵の殆んどが坑内に働かざるを得なかった。

定期の体格検査で一類二類は五中隊まで編成、三班すなわち、第一交替、第二交替、第三交替に区分し、

第一選　　朝八時－四時

第二選　　午後四時―十二時
第三選　　十二時―八時

の八時間労働制をとり、十日毎に順番が代わる組織となっていた。日曜とて別になく、各班毎に公休と称するものが月に四度ほど廻って来るのであるが、統率上、或いは収穫期には公休返納といって、殆んど休日無しに働かされる。

集合、通勤の時間的関係のために、朝八時と言っても五時半起床、一時間も前から集合がかかると言った現実で、殊に三選に当たった中隊は夜中の集合とて、その起床の辛さ、寒さは同情を禁じ得なかった。

作業を終えて帰営する兵隊達も坑内における落盤、ハッパ等に対する神経疲労のため、内務班に帰るや泥鮒の如く唯寝るばかり。昔日の精鋭日本兵の面影更に失せ、顔面蒼白、困憊の色濃く、誰も彼もが地上勤務をこい願って止まぬ状態であったのは憐れであった。

給与も最初のうちは丸パン、砂糖等、一般より余計に或いは別に上ったが、後には全部等しくなり、唯、給料が少し貰える程度に過ぎず、炭坑中隊は正に犠牲中隊の如き感じがしてならなかった。

D 地上作業

イ、線路工事　ロ、道路工事　ハ、材木工場　ニ、農場作業

ホ、営内勤務（理髪、入浴、炊事、縫工、靴工、行李、医務、大工、衛兵）等に別れ、体力虚弱者、即ち三類は大体農場に出かける。

農場は更に、

国営農場（ソフォーズ）

集団農場（コルホーズ）

に別れ、待遇はコルホーズが優り、何かと給与をしてくれた。仕事の内容は草取り、収穫、選別、温床造り等で矢張り馬鈴薯が最も広く作られ、その他、大豆、砂糖、大根、キャベツ、人参等もあった。一番想い出になったのは、国

営の第一号農場の馬鈴薯選別で、山と積まれた薯の選別を、時には五百余の兵隊達が能率の競争をやりながら分けるのであるが、その中の見事な大きなやつを戦果甲と称して、土を落とし集めて作業中に隠しおき、帰営時、持参して来る。夜飯盒に入れてふかして喰うのであるが、段々度が激しくなって大きな袋や雑嚢に入れて来るようになり、遂にソ連側の体格検査を受けるようになったが、そこは日本兵の悪智恵とて、股に入れ頭を隠し、裾に入れるといった始末で、恰も日ソの知略較べと言う形で、スリルもあり仲々に興味深い光景がそここに見い出された。四類患者の自分はもちろん作業に出ないから収穫は無かった。五十嵐、日向野といった戦友が馳走してくれて、毎夜飯盒一本の馬鈴薯を平均食して下痢便ばかり半月も続けたことがあったが、あの大きな甘みのあるふかしたての薯の味は永久に忘れることが出来ない。

E　娯楽

他の収容所に比して比較的恵まれていたと言ってよいであろう。

①　運動会

夏から秋にかけて三回挙行。各種競技の景物として売店が行われ、その品物もお汁粉、ドーナツ、アンパン、寿司、サンドウィッチといった、恐らくは本国日本でも今時滅多に手に入らぬであろうと思われる甘物が引換券と共に渡され、この日一日だけは俘虜気分をすっかり忘れてしまう程、朗らかであった。

但し、その材料はいずれも日常の給与品を削って溜めて作られるものであるから、その前後は俄然給与が不良になる。従って、兵隊は「反動が怖いや」と言ってパクツイている者も多かった。

②　演芸会

各中隊毎にも休日を利して中隊個人演芸会が催されたが、何といっても人気のあったのは「青春座」と称する専門演芸団で、これは二十数名よりなり、作業は全然やらず、一カ月に二回程の公演の練習を毎日やっている頗る恵まれた一座である。後には他の収容所にも巡回公演して歩く程、商売気を出してきたが、内容並に演技すべてが素人臭く、自分にとっては余り愉快な存在ではなかったが、唯、かつて中央交響楽団の一メンバーであったという松本某氏による提琴とアコーディオンの合奏は、曲目の高尚と相まって素晴らしいものであった。

ソ連側もこの音楽だけは好んで聞いていたようである。後に「新星座」と称する弟分の一座も出来たが個人芸に見るべきもの二、三あったが前者に少し劣っていたようである。

晩秋の北国その寒い夜、満天の星空の下、戸外演芸場に毛布にくるまれてこの演芸を楽しむ兵等の姿、何か涙ぐましい程のものが感じられてならなかった。

F　日本将校

伐採作業隊の復帰と合わせて総員二千名の当収容所には将校もまた四十名余の多数にのぼったが、連隊長、副官、軍医四名を除いた全将校もすべて各受持作業場へ毎日出動しなければならず、いずれも昔日の威厳ある面影を失い、「ユカレ将校」と兵等に呼ばれていた。

僅かに年齢三十歳前後の小西連隊長、藤原副官のみ溌溂として長髪を黒光りさせ活躍していた。しかしてこの両名は言葉こそ平民的で丁寧であったが、口を開けば軍規、規則をたてにとり、崩れゆく階級制を食い止めんものと大童であったのは苦々しい限りであった。

軍医連中も如何にソ連側の干渉ありとはいえ、兵に対する同情の念薄く、診断の態度また傲慢にして冷酷、殊にT軍医の如き自己の未熟を掩蔽せんとして殊更に皮肉に出、反感大いに買うところがあったのは、日本人として情無き次第であった。

九大出の元里大尉、青年らしく率直で線の太い点はよしとするも矢張り人間的な認識に欠ける所多き人物、唯、光野軍医のみ人間的、温厚、親切、手腕また他の比では無く、自分の今日あるのはひとえに彼に負うところが多大であった。

昭和二十一年十一月二日、新部隊編成さる。

七、八月の頃より十一月には必ず何か移動があるぞと一般に噂されていた事が現実となって、二日、五百名の三類患者全数、他に炭坑中隊よりなる新部隊発表（形式的ではあったがソ連軍医の身体検査を経て）旧三中隊兵舎に集結。三コ中隊に分け、大隊長、殺人大尉と曽ての伐採当時名を奉られた藤原大尉、中隊長には佐藤□□少尉、高橋中尉それぞれ任命され、他に将校また服部軍医以下二十名加わり急速に編成される。例により、

・伐採のための編成だ

・内地帰還だ
・第一収容所へ合体するのだ
等々のデマ、しきりに乱れ飛んだが、連隊長以下将校側の、
・即日ではないが、確かに内地帰還
・最低に観察しても現在よりは良好なる転属だ
・七〇%まで復員とソ連側が言っている。
等の言動もあり、防寒帽、防寒外套、冬軍衣料、防寒靴、雑嚢、防寒脚絆、手袋、タオル、夏襦袢、股下等々の新被服に等しいものが給与される事からしても、他人はいざ知らず、自分は単なる転属とは思わず、内地帰還を堅く信じてはばからなかった。がしかし、一日たち、二日たち、即日出発の指令が五日、十日と過ぎゆき、遂には農場へ、水道工事へ、全員作業に出動するに及んで、自分のこの信念も漸くぐらついてくるに至り、ましてや兵一同解散になるのだの噂を口にするようになり、焦燥の気配が濃厚になるようになって来た。然し

その間、被服検査、アルチョンヌ司令部よりの体格検査調べ、一部編成替え等が行われ、解散も信ぜられず、全く半信半疑、或いは五里霧中と言ったところが本当だったようである。（自分は第三中隊第二十隊第一分隊）

昭和二十一年十一月十六日、第二収容所出発。

遂に待望の出発命令下る。糧秣、燕麦飯盒一本、黒パン六七〇g携行、粛々として収容所出発。衛門前！　死歿者の墓地に心からなる黙禱を捧げて、中央病院付近裏の駅に赴く。駅に於いて第五収容所より来たれる百名と合し、既に待機中の輸送列車に各車輛三十名単位に乗車。扉、窓、全部遮蔽されたまま同日午後出発す。浦塩へ行く。満洲へ入る。ナホトカに着く。

到着地について三説あったが、結局、ナホトカ着が列車の進行と共にかつて二十年十月、興南より同地に入港、シベリアへ入った兵達に確認されるに至った。

昭和二十一年十一月十七日、ナホトカ第一収容所に入る。十七日朝来、浦塩北十数里、新興港街ナホトカ駅に到着。即日、埠頭場への高橋中尉の言を裏切り、例によって数条の鉄条網のめぐらされたる荒れ果てたる収容所へ引率さる。既に到着している五、六百名の部隊と共に寒風の中に立たされる事数時間。被服検査、虱検査の例によって例の如き検査検査を終了して、間も無く藤原大隊六百名、付近の第一収容所へ収容されるに至った。

A　大和連隊長

翌朝、点呼の際、我々は当収容所長大和中尉の指揮下に入る事を同中尉の訓辞より知り得た。同時に中尉は以後数日間後に五千名集結、三個第三大隊に編成して内地帰還は確実と言明し、ソ領シベリア地区第一回の復員船に乗り得る悦びと幸福を連想するに至り、一同何とも言えぬ喜悦の情に包まれた。

B　天幕生活

果たして中尉の言う通り翌日より四百名、五百名と北方ニコライエフスク市より陸軍病院看護婦四十名□□、ウオシロク市より或いはソ満国境イマン市よりといった具合に続々と我等の戦友が入所し来たり、宿舎も従って完備した兵舎に入る事出来ず、藤原大隊のうち、第一、第二中隊まではどうにかストーブ設備のある木造舎に落着く事を得たが、我等第三中隊のみは、例の月洩り雨入る天幕生活——電灯も無く、ストーブあれど燃料無く、以後半月間、シベリア十一月の寒気に骨の髄まで冷やされ、寝る事も休む事も出来ず、夜ともなれば、第二中隊の宿舎へ毛布持参で泊まりに行く始末。このままこの冬を越すようになればあの世ゆきだなあと語り合う次第であった。

C　生活と給与

各大隊にはソ連側少佐（マヨール）一名指揮監督に当たり、その名において朝六時起床、食事、八時点呼、作業起床等々を厳格に規則づけられ、入所四、五日と言うものは、被服検査、人員検査、虱検査、四種混合注射、入浴、煮沸と全く追いたてられたが、それが一応終わると、今度は清掃、薪取りが始まり、次には当収容所の作業である海岸の岩山作業へ出動と言うことになり、内地帰還もどうやら少しおかしな事になって来たぞと一部の者の間に噂が飛んだが、十二月に入って個名検査が再三くどい程行われ、更に税関らしき人々によって所持金、書類の検査が施行されるに至り、今は全く船を待つばかりという事になり、一日一日が待ち遠しく、しかも楽しみ極まるものとなった。

給与は何しろ五千名の大集団に発展したため、当然量的には少なくなったが、栄養のあるものを食べさせてくれた。

朝食…白米（油いため）、塩魚のスープ、飯盒五〜六名一本

昼食…黒パン三五〇g、砂糖、スープ、白米十名一本
夕食…白米（油いため）、五〜六名一本、スープ

碌な作業もしないで遊んでいるとはいえ、飯の少ないのと水のあまり配給無しには参ってしまった。僅かに今迄見た事も無い四キロパン、五キロパンの黒パンだけは美味しく楽しみであった。煙草は僅かに五g唯一度配給あっただけ、遂にノー喫煙日が続いたことは情けなかった。

被服だけは新品を揃えて交換に応じ、何かと復員に対する大国の面目を保持せんものとの努力がよく察せられたが、食糧だけは気にしながらも、そこは徹底的な共産国とて、軍の思うにまかせず、とかく不足がちで、兵の不満を買ったのは気の毒にすら思われた。

D　復員式（四日夜）

十二月二日、新連隊長、輸送指揮官として□□大尉が任命（大和中尉は残留者を引率、第二収容所へ去る）。翌三日午後、ソ連長官たる大佐臨席の下に復員式挙行。ソ連側の祝辞、日本側の感謝の辞、宣誓（民主主義への）、友の会高山氏による祝辞――等々ロシア語と日本語の交錯するうちに厳守に行われ、茲に我等一年有余、夢に画いた復員はいよいよ明日と決定。兵等、相抱いて歓喜の涙にむせんだものであった。

ああ！　故郷の父よ母よ。妻よ子よ

俺は今帰るぞ、帰るんだ、生きて帰るんだ！

十二月満月、白皓々たるシベリアの野に立って星を仰ぎ、心の中に胸も裂けよと叫んだ者は我一人ではなかった事であろう。

昭和二十一年十二月五日、ナホトカ第二収容所発、埠頭に向かう。

この日珍しく風無く晴天、午前九時過ぎ藤原大隊を先発として五千名、さらば最後と、衛門を出たのであるが、名簿と歩哨側との人員合わず、再び収容所内へ逆戻り、再度個名検査と共に漸く出門、埠頭に向かう。

海岸断層下の新開地らしい粗雑と躍動する市街を行進、坂を上って海の見える丘に立てば、ああ、二隻の日本汽船、静かなる海上に夢の如く浮んでいるではないか。しかもあの懐かしい日の丸の国旗が船首に小さくはあるが、はたはたと靡いているとは、敗戦の現実に冷酷なるまでうちひしがれた兵等の胸に、今更ながらよび起こされた祖国愛の真情ひしひしとこたえるものがあった。

坂を下り更に背後の断層崖上を上って大きく迂回し、漸く埠頭場に着けば、二隻の中の一隻静かにさんばしに横づけになり、タラップも既に下ろされていた。

大久丸（日本商船六八〇〇トン）恵山丸（太洋汽船六〇〇〇トン）甲板に白鉢巻姿の海員の姿も懐かしく、皆、手を振る。昼食無しの空腹も不平も今は忘れ果て、子供のように命ぜられるまま第一番に乗船。我が三中隊は三段になっている船倉の船首最下倉に位置決定。直ちに毛布を敷き装具を整理し、□□を作る。

出発は他大隊の乗船が遅れ今夜中かかるので明日になるとの事。気の早い部隊の藤原上等兵の如き早くも甲板上に出て、海員から内地新聞を借用し来たり。各種の情勢を伝う。舞鶴入港も初めて知り得た。

ギャング事件、スト頻発、物価騰貴……敗戦の苦闘に喘ぐ祖国の現実が、今は生々しく身内近く迫って来るのを感ぜざるを得なかった。(夕食乾パン支給)

復員篇

昭和二十一年十二月六日、ナホトカ港出港。

六日七時出港。さらば、シベリアよ！　ロシアよ！

声無き歓喜と別離の情を眼に浮かべ、冷々たる海風に吹かれ、凝然と甲板上に立ちて決別の辞を述ぶ。

失望と悲哀と焦燥のみに暮らしたシベリアではあったが、別れとなれば流石に一抹の侘しさを感ぜざるを得ない。ましてや六十万と称する戦友の越冬に想いを馳せらせば、心なきシベリアの自然もまた、後髪引かるるの思いが湧く。

濛々冷々たる海霧、船体を包み、波頭のみ真白く上下する□□、船は唯一筋に祖国へ祖国へと進みゆく。

俺は今帰るのだ！　故郷へ帰るのだ！

何度叫んだ事であろう。幾度呟いた事であろう。然し悦びの余りに大なるためか、苦しみの余りに激しかったがためか、うんと肯く答えがどうしても出てこないのが我ながら頼り無かった事が不思議であった。

A　船内給与

白米と味噌汁と甘いもの――駄目とは本心知りながら、それでも半分夢に画いていた祖国への香りも見事に裏切られ、二食給与、雑穀四〇〇gと聞かされ、今更ながら内地の窮乏を痛感し、容易ならぬ緊張感に胸をしめつけられた。

乾パンと麦飯と汁、それでも唯美味い。シベリアと異なって感謝の念が湧いて来る。おまけに配給になった金鵄十本――その最初の一本の美味かった事、分隊十名の中、一本完全に吸いきった者は無かった程だ。皆、大事そうにしまう。続いて在ソ一年余の間、唯一度も無かった塵紙の配給。「矢張り日本だぞ、物資はあるのだ」とまた楽観説が出て来た。他愛の無い悲哀の情に子供のようにはしゃぐのみ。

B　船内事務

食って寝る。それ以外清掃も作業も検査も何も無い、頗る収容所生活と異なった呑気な毎日だったが、それでも復員船だけに事務的方面の仕事は着々と進んでいた。

名簿作成、交換紙幣の調査、引き揚げ記録書の記入。分隊長林田軍曹は温厚篤実な人物だけに、我分隊は何時も早く、問題なく仕事が運ばれる事が愉快であった。

C　分隊の人々

分隊長林田軍曹、福島兵長、□□兵長、平塚班長、藤原上等兵、林一等兵、橋本一等兵、本田一等兵、本間上等兵の九名。アルチョンヌ新部隊編成当時よりの分隊で、早くから階級制を自主的に各自が捨て、真の人間らしく一新して軍人生活最後の段階を誤ち無く過ごして来た。従って乗船と同時に「階級章をはずせ」と誰からともなく叫ばれた時も、他分隊のように異常な空気の中に行われたのと違って「今更」と言う雰囲気が濃厚であった。

だが、矢張り俘虜生活の汚濁が染みこんでいたものとみえて、甲板上にある野菜物を例の手癖でかっぱらって来て、密かに食す連中が二、三、見受けられたのは浅ましいというより、「ここまで来て…」と痛切に思われる次第であった。

　俘虜精神を速やかに去れ
日本人の意識に戻るんだ

我と我心に鞭打って、ともすれば空腹のため、或いは悪□□の意識から、昔日の手癖への悪心を押さえに押さえて、シベリアを離れて以来、遂に一度たりと雖も我が心に恥ずる行為をなさなかった事を、人間として当然の事ながら晴れがましく書きしるす事が出来るのを嬉しく思う次第である。

昭和二十一年十二月八日、舞鶴入港上陸。

八日未明、舞鶴沖着。朝明けと共に港内に進行。検疫、その他各種の調査のために半日程待機。その間小艇をかって各新聞社の記者、赤十字のマークを付けた衛生員等、続々と甲板上に現れ、記事、写真を撮る。幸いに検疫の方も大過無く終了。午後より小蒸汽艇にて上陸開始。恵山丸は明日になるとの報伝わる。

眼の当たり現実に見る故国の姿よ！

うっすら白雪にけしょうした山々

静かに立ち上る炭焼きの煙
狭いながらもなごやかな緑の畑
ああ！　祖国は矢張り柔らかく温かく平和だ。そこには北鮮の単調な灰色は無く、またそこにはシベリアのような重苦しいまでの峻烈さは無い。
あくまで静かな深みを持った自然さだ。だが然し、眼一変、湾内のそれと一眼で分かる沈没引上船の幾隻かの容状、軍船の姿を見出した時、忽ち敗戦の惨めさが現実の悲しさとなって胸をしめつけて来た。
赤灰色に燻んだ船腹
人影一つ無いしんとした甲板
ドクロの眼のような凹んだ船窓よ！
乗船以来、期待していた事と全く異なる初めて同胞として会った船員の冷たすぎると思われる程の態度、神経を物足りなく不平がましくさえ思って来たが、眼の当たりこの虚無的な現実相をみせつけられては、人の心の冷えるのも成程と肯かれるのであった。
桟橋着。直ちに自動車にて旧海兵団兵舎に向う。

八日

① **被服類検査並に消毒。有藤援護局長官の挨拶。**

雨天訓練場と思われる大広場に各自持参の被服私物類を並べ、税関吏の調査並に消毒をなす。

② **入浴**

並べ置いてそのまま入浴場に行く。先ず裸体となりて体重（五〇キロ）胸囲（七三糎）を計り入浴。一年有余ぶりに日本式入浴。唯、子供のようにはしゃぎ喜び、看護婦さん達に笑われ、せきたてられる。

③ **注射**

アメリカ医員立ち会いの下にチブス、コレラ等の予防接種、並に種痘をなす。

④　身体消毒

廊下に於いて着衣、並に下着類の消毒をされ、全身真白になりて漸く終了。

広場に並べ置いた被服を受領して、第一寮に導かれ階上の部屋に入る。ベッド式の寝台、進駐軍の好意により毛布七枚借用。食器、清掃具類一切借用、夕食（白麦）、汁（魚）を晩食に給せらる。嬉々として就寝、容易に寝つかれず。正しく内地帰還を漸く確認するに至り眠りに入る。

九日

①　被服類受領

海外引き揚げ者として援護局より上下冬軍衣袴、戦闘帽、ゲートル、夏襦袢、冬股下、サルマタ、タオル、紙、その他日用品、ビタミン剤等、殆ど徹夜して受領す。

十日

復員手続き完了

・復員証明書受領

・兵長に進級

・三百円下付

・在ソ、出身県並に他県人の報告記入

十一日

検便

散髪　以上で大体手続き完了。

十二日

京都府出身女代議士の挨拶

夜、演芸会並に映画　元禄女大名

桃太郎

ニュース

十三日

煙草、甘味品支給、舞鶴警察員の挨拶並に注意。

夜、朝日新聞社特派員の講演並にニュース映画。

十四日

大掃除

食糧受領　外食券三枚（一枚一〇〇g）

乾パン（一二〇〇g）

駅弁券一枚

入浴　注射

十五日

出発→帰宅

以上八日間にわたる舞鶴引揚支局に於ける日割り、手続きの大要であるが、複雑多岐な事務的諸手続きも旧軍人らしい要領と行動で滞り無く完了。新生日本人の一員として復員列車にて十六日午後五時、故郷新津駅に着。出迎えの愛弟直司と固い握手。帰宅し得た事は幸福であった。但し、同時に聞かされた母の死は正に驚愕と悲痛そのものであった。

引揚支局風景

① 売店

三百円支給されるや、空腹と一年有余閉ざされていた購買欲俄然復帰して、大広場の売店に駆けゆく。驚いたのは延々たる行列でなくして、その物価の高い事。キャラメル一個九円、□□二個十円、蜜柑五十円。総てが十円単位。俘虜生活でそれでなくてさえいい加減マヒしていた頭がクラクラとして、どうしてもピンと来ない。これは大変だぞと真底思わせられた。

② 戦災地図

至る所の壁に戦災地の参謀本部地図がはってある。特に一室を設けて各府県別毎にはられていた。「俺の家は無いか」「俺の所も駄目だ」あちこちに聞いた呟き、呻き、然しその割に正直なところ悲痛さが無いのは、復員の喜悦に、未だ来たるべき悲哀事の痛烈さが身に沁みて無いのであろう。

③ 不寝番

しきりに物が無くなる。あれ程在ソ時代、帰還出来るなら裸でもよいと語り合った我々であるのに、靴が、リュックが、甚だしきは持ち物全部が一晩のうちに無くなってしまう浅ましき次第。それで最後は不寝番が立つ事になったが、喜びの興奮で一晩中寝られぬ者が多く、火鉢を囲んで乾パンを焼いて語り合っているのでたいした要もない。

（想い出のロシア語）

マヨール（少佐）	ドクター（医者）	ハラショ（良い）
カピタン（大尉）	ボリノイ（病人）	ニハラショ（悪い）
サルダード（兵卒）	チンピラトール（熱）	クレミーバ（美しい）
セルチャン（軍曹）	クローフイ（血）	ニャット（無い）
カザルマン（兵舎）	ジェルドッグ（胃）	エース（有る）
	バーニャ（入浴）	ダイ（下さい）
ナチャリニク（管理人）	オボロニ（便所）	スタロイ（起きろ）
シャフター（炭坑）	ゴスピタル（病院）	サジエス（休め）
コルホーズ（集団農場）	ラーゲル（収容所）	スマトリ（見よ）
ソフォーズ（国営農場）	タワリーシ（同志）	ベストリ（早く）
カルトーフェル（馬鈴薯）	ソン（太陽）	オーチン（大きい）
リバー（魚）	セネタール（補助員）	マラー（小さい）
サール（ロ－砂糖？）	パラフォート（汽車）	ダー（はい）
クレーブ（パン）	ケルピーチ（煉瓦）	アヂン（一）
ワダ（水）	マシーナ（自動車）	ドバ（二）
モロッコ（牛乳）	アラボータ（作業）	ツリー（三）
カンポート（果実汁）	マダム（婦人）	チェテーリー（四）
ミャーサ（肉）	ヤポン（日本人）	ペアーチ（五）
クリー（莨）	カマンダ（天幕）	シェスーチ（六）
	ガゼータ（新聞）	（七）
チャイ（茶）	ブーマガ（紙）	（八）
	アチーキ（眼鏡）	デービチ（九）
トランスポート（線路工事）	カランダース（鉛筆）	（十）
	チェースト（掃除）	ソーロク（四十）
オコール（近く）	ゴード（年）	ブラジャーガ（放浪人）
カンチャイ（終わり）	ヤー（自分）	
	ノーマル（普通）	

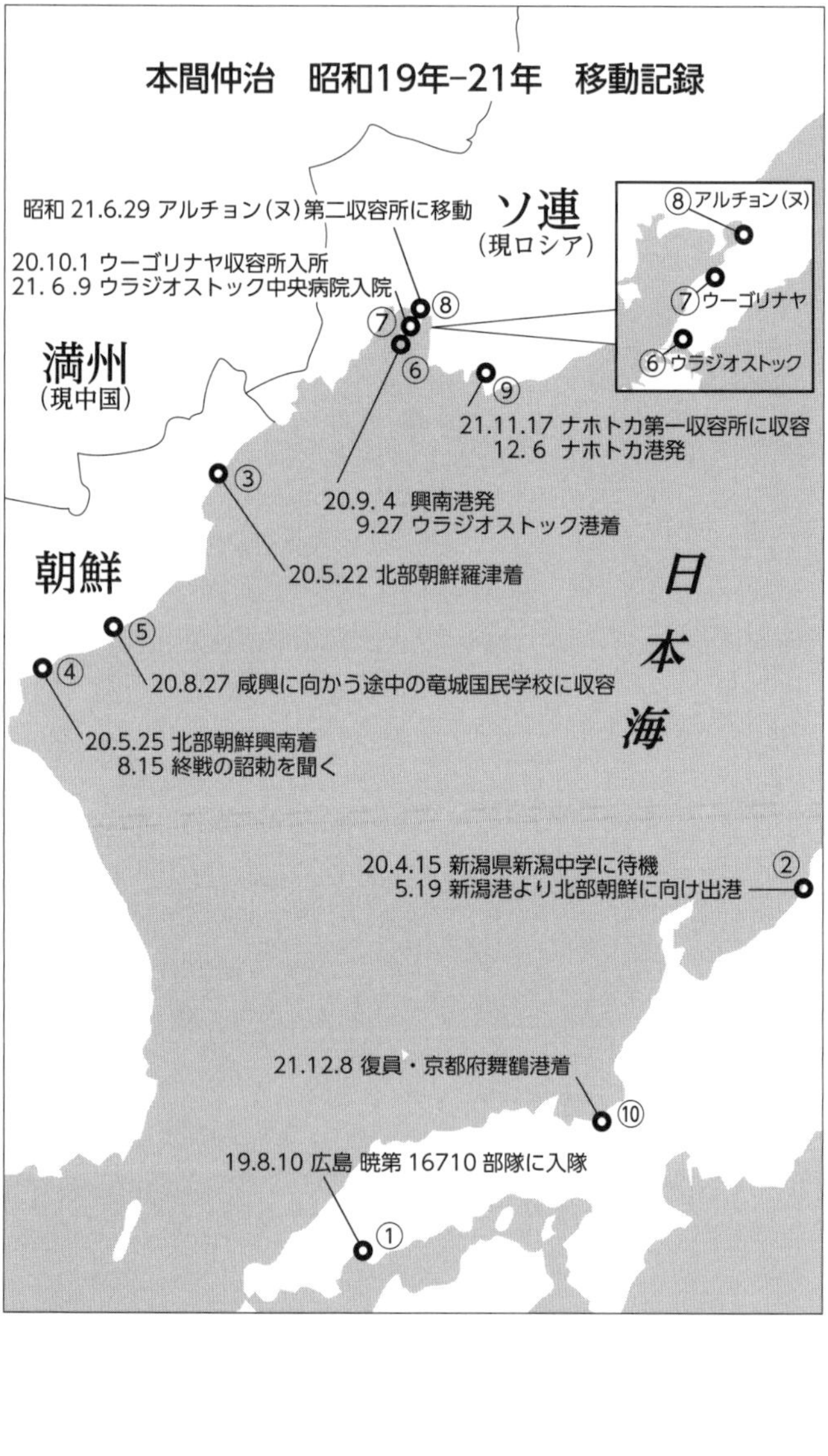

本間仲治　昭和19年-21年　移動記録
ソ連
(現ロシア)
満州
(現中国)
朝鮮
日本海
昭和 21.6.29 アルチョン(ヌ)第二収容所に移動
20.10.1 ウーゴリナヤ収容所入所
21. 6 .9 ウラジオストック中央病院入院
⑧アルチョン(ヌ)
⑦ウーゴリナヤ
⑥ウラジオストック
21.11.17 ナホトカ第一収容所に収容
12. 6 ナホトカ港発
20.9. 4 興南港発
9.27 ウラジオストック港着
20.5.22 北部朝鮮羅津着
20.8.27 咸興に向かう途中の竜城国民学校に収容
20.5.25 北部朝鮮興南着
8.15 終戦の詔勅を聞く
20.4.15 新潟県新潟中学に待機
5.19 新潟港より北部朝鮮に向け出港
21.12.8 復員・京都府舞鶴港着
19.8.10 広島 暁第 16710 部隊に入隊

さらば　シベリアよ

昭和十九年八月、第二乙種の私にもついに召集令状が届いた。

新津駅前、歓呼の渦の中に、生まれたばかりの一子克之の幼い体を、高くあげて見送ってくれた妻の顔を忘れることができない。

広島の船舶無線通信の暁部隊に入隊。

昭和二十年五月、暗号員としての教育が終わって、北鮮の興南に派遣された。

飯田見習士官以下二十一名は、街の北方高台にある、邦人下川等氏邸宅の二階を借り切り、港の監視と通信に当たった。

八月十五日、終戦の詔勅を聞いてからの私達の行動は、周章狼狽なすところを知らないという有様であった。

中隊本部のある城津に行かんとする者。

このまま船を見つけて内地へ帰らんとする者。

南鮮に脱出せんとする者。

意見はさまざまに分かれて、徒らに日を送るばかりであった

そのうちに、興南の街全体に不穏な空気がみなぎり、夜などあちこちに銃声が聞こえ、外出もできなくなってきた。

遂に八月二十六日、赤旗を手にした鮮人青年二名を先頭に、巨大なソ連将校三名と兵卒数名がやってきた。

私達は、有無を言わせず二列に整列させられ、数の確認後、武器の提出を求められた。

持っていた小銃五挺に、実弾少々、帯剣等を出すと、鮮人の青年二名はいき

りたって、「これだけか？　隠すな、何処へやった！」とカン高い日本語で怒鳴りつけた。

飯田見習士官が、実際これしか無いのだと説明しても聞かず、遂には、「明治四十三年の恨みを忘れんぞ！」と叫んで、全員の頬を代わるがわる擲りつけた。

私は、それが日韓併合のことを指していると知って、歴史の暗さに、なんとも言えぬ冷たさと侘しさを感じた。

この間、ソ連将兵は、ニヤニヤと笑いながら見ているだけであった。

敗軍の兵の惨めさが、惻々と胸に沁みとおってきた。

それから私達は、戸外に追い立てられ、一列に並んで歩かされた。

その街道を、兵を満載したソ連の軍用トラックが、瞬時の切れ目もなく南下していた。

やがて日が暮れて、真暗になっても、その轟音は消えなかった。

私達は、閃々と輝くヘッドライトに追い立てられるように、ただ黙々と歩き続けた。

そして疲れ切って、竜城という街につき、そこの古びた小学校に収容された。どうやら此処は、この地区一帯の日本兵の収容所らしく、毎日のように集まってくる兵達で、みるみる膨れあがっていった。

短い夏も終わり九月のはじめ、東京ダモイ（帰る）の噂が広がり、兵達を喜ばせた。

九月二十三日、興南港に集められた私達三千の将兵は、五食分の米と毛布数枚を持って乗船、出港した。

船艙も甲板も兵達で一杯になった船は、何時まで経っても沖に出ず、大陸を左に見ながら北上し、やがて滑るように浦塩の港へ入った。

それと知った中隊長の鈴木中尉が「騙されたか！」と、軍刀をドンと甲板に叩きつけて、虚空に向かって叫んだ一声が、疲れ切った私達を無慈悲にも絶望の淵におとし入れた。

船を降りた私達は、前後左右、マンドリン銃を持った若いソ連兵に追い立てられて、ただひたすら歩かせられた。

夕暮れ、浦塩《ウラジオストック》の街の小高い丘にさしかかった時、港の方を振り返ってみた。

湾内には、大小さまざまな艦艇が停泊し、煌々たる灯りが輝いていた。

そして、周囲の要塞から発せられるサーチライトが、閃々と交錯する間を縫って、水兵達の合唱する歌声が、かすかに聞こえてきた。

美しく敷きつめられた石畳の続く舗道の上には、楽しげに手を組み合わせ歩き続ける男女の群れが、影絵のように見え隠れしているのであった。

ああ、勝利の栄光に酔う街を、失意の敗残の兵がひかれていく……

私の胸の奥深く、堪え難いほどの悲哀の情が、湧きあがってくるのをどうすることもできなかった。

かくして私達は、シベリアの奥につれて行かれ、最初の俘虜生活を、ウーゴリナヤ収容所で送ることになった。

ここで課せられた作業は、煉瓦工場での労役であったが、約半年で私は病気になり入院した。

退院後は、アルチョンヌ収容所に転送された。

ここで待っていた労役は、恐ろしい石炭の露天掘りであった。

シベリアの原頭に露出している石炭を、何交替かに別れて掘らされた。

昼間はまだよいが、深夜から明け方にかけての作業は、まさに地獄であった。

零下何十度の厳寒の中、ビュウビュウと吹きつけるシベリア風に身を曝し、丈余の鉄棒で石炭に挑む辛さは、言語に絶した。

その労働の最中、凄まじい寒気と体力の消耗のため、声もなくズルズルと地上に仆れていく者もあった。

私は生きたかった。

生きて妻子や父母の待つ祖国へ帰りたかった。

そのためにはどんなことでもしようと思った。

私は殊更に体調の不調を訴えて、労役から逃がれ、嘘の入院を繰返した。

一方、炊事とか食糧運搬の使役には、率先して出るようにして、そのおこぼれで栄養の補給に努めた。

かくして老兵であり弱兵であったにかかわらず、私は、からくも命を永らえて、昭和二十一年十一月、最初の帰還の編成に入ることができた。

私達帰還兵がアルチョンヌの収容所を出たのは、冷たい粉雪がしきりに舞い落ちる朝であった。

収容所を出ると、すぐ南に拡がる曠野に、悲運の果てに仆れた俘虜達の墓地があった。

幾十、幾百の白木の墓標は、寂然として音もなく並んでいた。

私達は、その前に粛然と整列し、指揮者の号令のもと、決別の敬礼をした。

——ひどい栄養失調のために、声も無く仆れた大久保よ。

――全身、虱の匍うにまかせて息ひきとった山本よ。

――風邪から肺炎となり、薬の無いまま眼を閉じた会田よ。

ああ、なぜ君達は、ここにこうして眠らなければならないのだ？

なんとも納得できぬ疑問と怒りが、胸にこみあげてきて、どうしようもなかった。

私は、この曠野の墓標群とこの感慨を、一生忘れまいと心に固く誓った。

やがて私達は、貨物列車に貨物の如く乗せられ、一路南下していった。

翌日、新興の街ナホトカに着き、郊外にある俄か造りの収容所に入れられた。

ここに数日間待機し、他の俘虜達の集合を待って、新しい編成替えが行われた。

遂に十二月二日夜、ソ連大佐立会いのもとに復員式が挙行され、祖国帰還は現実のものとなった。

十二月五日、早朝収容所を出発した私達は、途中海の見える丘に立った。

眼下に展開する湾内深く船首に日の丸の旗を掲げた二隻の汽船を認めた。

ああ、その時の感激は筆舌に尽し難い。

確実に生きて帰れるのだと思うと、万感胸に迫って、万歳の叫び声があたりに木霊《こだま》した。

港について午後、迎えの大久丸と恵山丸に乗船した私達は、一夜を船内にあかし、翌六日午前七時、ナホトカ港を出た。

薄暗い船底に眼を覚ました私は、このままじっとしていることができなかった。

この眼で、今一度ナホトカを、否、シベリアを確り見ておきたかった。

私は、躊躇なく甲板へ駆けあがった。

折りから濛々たる海霧が海上にたれこめ、冷たい小雨が降っていた。

広い甲板には、働く船員達も俘虜達の影もなかった。

私は唯一人、足を踏んばり眼を凝《こ》らして、離れ行くシベリア大陸の姿を探し求めた。

とその時、一陣の海風に吹きはらわれて、ナホトカ港の背後に連なる断崖の岩肌が、ありありと眼に映じた。

シベリア大陸だ。

約二年間、言語に絶する生活を強いられたシベリアがそこにある。

よくぞ生きて帰れるもの哉！

私は、凝然として何時までも何時までも、離れゆく大陸を眺め入っていた。

舞鶴入港は十二月八日未明。

朝明けと共に眼に映ったものは、凪《な》いだ海に夢のように浮かぶ緑の島々と、静かに眠る平和な街のたたずまいであった。

ここには、北鮮の突兀とした赤褐色の山々は無い。

またシベリアで見た灰色で、単調きわまる曠野も無い。

まさに日本の姿であった。

（国破れて山河あり！）
泌々と私はそう思って、食い入るように眺めていた。
舞鶴にとどまること八日間、一切の手続を完了して、満員の復員列車に乗りこんだ。
懐かしい故郷、新津駅に着いたのは霙降《みぞれ》る十二月十六日の夕刻であった。
駅頭には、一足先に南方から帰還していた弟が、唯一人出迎えに出ていた。
お互い、無事帰還を喜びあった後、彼は、言葉少なに、留守中の母の死を告げた。
私は、驚きと悲しみのために声も出ず、ただ黙々と歩いていった。
帰宅して、久し振りに父や妻子に会い、喜びの声もそこそこに、唯一人仏間に入った。
そして、今は亡き母の遺影の写真を見上げた時、悲しみは一ぺんに爆発した。
私は泣いた。

声を出して泣いた。

腹の底から出た慟哭であった。

母の死は、愛する二人の子供達の出征と、そして南に北に俘虜という、運命の悲痛さに半ば狂った果てのものだったという。

そのことを先刻、父から聞かされたばかりだったので、どうしようもない慟哭であった。

泣けるだけ泣いた後も、私は寒々とした仏間に、何時までもじっと坐っていた。

そして、戦争の爪跡の無慈悲さが、今更のように胸に刺さってくるのであった。

終わりに

昭和二十（一九四五）年八月九日、ソ連軍は日ソ不可侵条約を破棄し、満ソ国境を越えて日本領土に侵攻した。戦闘はポツダム宣言の受諾後も続き、九月五日にようやく停戦となった。その後、満州各地、朝鮮半島北部、北方領土にいた日本人の多くは武装解除され、ソ連各地に連行され、強制労働に従事させられた。その数は約五十七万五千人と言われ、そのうち約一割の五万八千人が死亡、日本に帰ることができなかったとされている。一般にシベリア抑留と呼ばれる事案である。

父・本間仲治もこの抑留を体験し、そのことをノートに残した。しかし父はこのノートについて、生前そのあることすら子供達には話をしなかった。母も父が死亡してからしばらくして、実物を前にそのことを話した程度で、内容については全く話さなかった。或いは表紙のみ見て、中は読んでいなかったのかもしれない。

終戦前後には新婚の母にとっても辛い思い出があり、父がふるさと新津駅に復員してきた時も母は出迎えていない。

私は父と生前、この本の内容について少しでも話しておきたかったと現在痛切に思う。

父の字はいわゆるくせ字で、大事な場面で読み取れない箇所が多く、幾度残念な思いをしたことか。母は、父のくせ字の読み取りについて自信があるようなことを口にしていたので、母の生きている時に一度、二人で共に読んでおきたかった。

一読しての全体的な印象は、父のシベリアでの俘虜生活は思いの他暗く無かったということである。悪い人もいたが、良い人もいた。新聞や想像でシベリアの俘虜生活は死の充満した残酷でひどいものばかりだと思っていたが、大久保上等兵の死以外に個別の死者の記述はなく、生活にも時折余裕のある記述もありほっとさせられることが幾度もあった。

あのやせた弱い身体でよく父は帰還してくれたと思う。「禍福はあざなえる縄の如し」という中国由来の故事もあるが、父は自分の身体の弱いことをこの手記の中で感謝している。誠に人間の運命は何が分けるのか、その実例を自分の父という身近な存在の歴史的な体験記により知ることができた。

ロシアという国家の有する野蛮性や無法さ加減は、現在のウクライナ侵攻でもあまり変わっていないことがよく分かった。日本の陸軍の幼児性（先輩が理由もなくビンタしたり威張ること）もあわせて、国家の本質はなかなか変わらないものだと改めて思った。

もう一つ心に残った場面は、北鮮で終戦を迎えた時の父の所属した分隊の行動決定の経過である。結局、その時の分隊の指導者達は何も主体的に決定できず、むざむざソ連に抑留される結果になってしまった。父の言うように即刻南鮮に逃走していればどんな結果になっていたか。「禍福はあざなえる縄の如し」で抑留された結果が父にとっては幸運であったということになるのかもしれないが、西欧の冒険小説にあるごとく、個人の運命を決定するような緊急場面に立った時の個人の判断の重要性については、十分考えておく必要がある。

父が鬼籍に入ったのは平成六（一九九四）年のこと。病弱と言われながら、八十一歳の大往生であった。

私は今、社交ダンスを楽しんでいる。私が中学生であった頃、父がシベリアから自分が帰還できた一つの理由は、かかとからつま先に降りる歩き方を徹底して、重労働からくる疲労を緩和できたからだというようなことを話してくれた。ダンスのモダンの歩き方である。このことについて、この手記には記述がなく不思議に思っているのであるが、私はこの話をその頃からよく覚えていて、日常そのように歩いており、二十歳頃から始めた社交ダンスで、改めてその歩き方に思いを寄せたものである。果たして疲労が軽くなるのか科学的な根拠は知らないが、ワルツを踊る時には、よく父のこと、この歩き方を思い出している。

令和六年九月三日

本間 村紀

日本とロシアの関係史

本間村紀・編

年月	事項	内容	関係する日本人
1697年	伝兵衛（大阪出身）が大帝ピョートル一世に拝謁	カムチャッカに漂着した伝兵衛が首都ペテルブルグにつれてゆかれ、大帝ピョートル一世に拝謁。	徳川綱吉の時代（1680～1709在職）
1739年6月16日	シパンベルグが4隻の船をひきいて仙台領の沖に達し、漁民と接し、藩から派遣された藩吏たちと船上で会い、抜錨して去る	シバンベルグは日本の国土を見た最初のロシア皇帝の役人である。	徳川吉宗の時代（1716～1745在職）
1791年	大黒屋光太夫、女帝エカテリーナ二世に拝謁	大黒屋光太夫（1751～1828）ロシアのペテルブルグにて女帝エカテリーナに拝謁。やがて、日本に通商を求めるロシア国の官船により日本に送り届けられた。	徳川家斉の時代（1787～1837在職）
1792年10月	ラクスマン来航	ラクスマンがロシア皇帝の命を受け、日本との通商を求めて根室に来航。日本人の漂流民、大黒屋光太夫らを届けるとともに、通商を求めた。しかし、江戸幕府は鎖国を理由に皇帝の国書は受け取らなかった	徳川家斉の時代
1804年	レザノフ来航	外交官レザノフが長崎に来航し、開港を要求した。だが幕府が冷淡に拒絶したためロシア側は怒り、樺太や択捉島などを攻撃した。	徳川家斉の時代

1806年（文化3年）1807年（文化4年）	露寇事件、文化露寇、ロシア側ではフヴォストフ事件と呼ばれている	ロシア帝国から日本に派遣された外交使節ニコライ・レザノフが、部下フヴォストフに命じて蝦夷地択捉島等を攻撃させた。	老中・松平定信
1811年	ゴローニン事件	千島列島をロシアの軍艦が測量し、艦長のゴローニンが松前奉行配下の役人に国後島で拘束され、2年間抑留された。	徳川家斉の時代
1853年（嘉永6年）	プチャーチン来航	ロシア使節海軍中将プチャーチンの率いる4隻の艦隊が7月長崎に来航し開国を要求。いったん退去し、12月再来。	徳川家定の時代（1853〜1858在職）全権・川路聖謨
1854年	プチャーチン再び来航	プチャーチンの乗るロシア軍艦ディアナ号大阪湾に入る。幕府の要請で12月下田に入る。しかし大地震が発生し、ディアナ号は大損傷を受け日露の交渉は進展しなかった。	徳川家定
1855年	日露和親条約締結	函館、伊豆下田、長崎の開港と長年の懸案であった国境線が画定された。その結果、千島列島の得撫島以北はロシア領、択捉島以南は日本領とされたが、樺太は「両国人雑居地」とされ、明確な境界線は無く、日露の国民らが混住するままであった。	徳川家定
1858年	日露通商条約締結	日米通商条約に準じる。	徳川家定

1861年	対馬事件発生	ロシア軍艦ポサドニック号が2月海軍の根拠地を求め対馬に来航。対馬藩も幕府も解決できず、イギリス軍艦の出動で一応収まった。	徳川家茂（1858〜1866在職）
1867年	樺太仮条約	箱根奉行小出秀実がペテルブルグで樺太を日露両属とする仮規則に調印。	徳川慶喜（1867〜1868在職）
1875年	樺太千島交換条約	千島列島（占守島から得撫島までの18島）を譲り受け、樺太全島を放棄。ペテルブルグにて。	特命全権公使・榎本武揚
1891年 5月	大津事件	来日中のロシア皇太子が大津で巡査津田三蔵に切りつけられて傷を負った。	首相・松方正義 大審院長・児島惟謙 首相・伊藤博文
1895年	三国干渉	ドイツ、フランス、ロシア三国の公使がそれぞれ外務省に林董次官を訪れ、遼東半島を清国に返還するよう要求した。	首相・伊藤博文 外務大臣・陸奥宗光
1896年	山県・ロバノフ協定成立	朝鮮問題について日露で議定書を調印した。	特派全権大使・山県有朋 外相・ロバノフ
1900年	義和団事件	中国清王朝末期に発生した義和団の乱に際し、日本をはじめとして欧州列強が北京で義和団を破った。ロシアも鉄道利権などの保護を名目に満州に大軍を送り込み、撤兵を約束したにもかかわらず居座り、事実上満州占領が続いた。	首相・伊藤博文

1900年	満州に関する露清協定	ロシアが清の領土である満州を実質的に占領し続けることを認めた秘密協定。日露戦争の遠因の一つとなった。	首相・伊藤博文
1904年2月から1905年	日露戦争	樺太南部が日本領になる。沿海州の漁業権をロシアに認めさせた。	首相・伊藤博文
1905年9月	ポーツマス講和会議	アメリカのポーツマスで日露講和条約が調印された。	全権・小村寿太郎、全権・ウィッテ
1907年から1916年	四次にわたる日露協約締結	協約の中には秘密条項が含まれ、外モンゴルにおけるロシアの権益と朝鮮半島における日本の権益を相互に認めあった。1917年ロシア革命が起こり、ソ連政府が秘密条項を暴露して破棄した。	
1914年から1918年	第一次世界大戦	オーストリアの皇太子暗殺事件に端を発し、ヨーロッパで三国同盟（オーストリア、ドイツ、イタリア）と三国協商（イギリス、フランス、ロシア）の国が戦った。日本は日英同盟を理由にドイツに宣戦布告。ドイツが中国に持っていた青島と山東省の権益を奪い、ドイツ領の南洋諸島の一部を占領した。	首相・大隈重信 寺内正毅 原　敬
1917年	ロシア革命	ロシアで革命が勃発。世界で初の社会主義国家が誕生した。ソヴィエト政権は全交戦国に無賠償、無併合、民族自決の原則を呼びかけ、ドイツとオーストリアと講和して大戦から離脱した。	首相・寺内正毅

１９１８年から１９２２年	シベリア出兵	ロシアで社会主義政権が誕生し、列強は脅威に感じ、アメリカはロシア領内に孤立するチェコ軍救出を名目に共同出兵を持ちかけてきた。日本はそれに同意し、７万３０００の大軍をシベリアに出兵し、各国が撤退したのちも居座り続けた。	首相・寺内正毅 原　敬
１９２０年	尼港事件	シベリアのニコライエフスク港（尼港）の陸軍守備隊と日本人居留民がパルチザンにより無差別に虐殺された事件。日本人犠牲者約７００人のうち半数は民間人であった。	首相・原　敬
１９２５年	日ソ基本条約締結	ソ連を承認。ソ連との外交回復、北樺太派遣軍撤退完了。	首相・加藤高明
１９３８年	張鼓峰事件	満州国東南端の張鼓峰で日本とソ連の国境紛争が発生する。	首相・近衛文麿
１９３９年	ノモンハン事件	満州とモンゴル人民共和国との国境線を巡って日本とソ連が戦う。	首相・平沼騏一郎
１９４１年4月	日ソ中立条約締結	日本とソ連はお互いに攻撃しない「相互不可侵」や第三国との戦争になった場合に中立を守ることが約束されていた。有効期間は5年で、期間満了の1年前までに通告がない限りさらに5年延長される内容であった。	首相・近衛文麿 外務大臣・松岡洋右
１９４１年6月22日	独ソ戦争始まる	独ソ不可侵条約を破って、ドイツがソ連領内に攻め込む。	首相・近衛文麿

1945年 2月	ヤルタ会議	スターリン、ルーズベルト、チャーチルが集まり、ソ連が対日参戦する秘密協定が締結された。	首相・小磯国昭
4月5日		ソ連、日ソ中立条約を延長しないことを伝えて来る。この日は小磯内閣総辞職の日である。	スターリン 首相・小磯国昭
1945年 8月9日	ソ連日本に宣戦布告し対日参戦、シベリア抑留	日ソ中立条約をソ連が一方的に破棄して対日参戦した。満州の守備を担当していた関東軍は防戦できなく約56万の日本兵がシベリアなどの収容所に抑留され約5万3000人が寒さや飢えなどでその地で死亡した	首相・鈴木貫太郎
8月19日	日ソ停戦交渉行われる	沿海州のジャリコーヴォで日ソ停戦交渉が行われ、ソ連に労働力提供の「密約」がされたのではとの疑義がある。	首相・東久邇宮稔彦 関東軍総参謀長・秦彦三郎、 その随員・瀬島龍三
9月2日	降伏文書に調印		首相・東久邇宮稔彦
1951年	サンフランシスコ平和条約調印	日本は南樺太と千島列島を放棄した。しかし日本政府の見解は歯舞群島、色丹、国後、択捉の各島は歴史的に日本固有の領土であり、放棄した「千島列島」には含まれないとした。ソ連が同条約への署名を拒否したため国際法上の帰属は未定で現在に至る。	首相・吉田茂

1956年	日ソ共同宣言	戦争状態の終結と国交回復を実現。平和条約締結後の歯舞群島、色丹島の日本への引き渡しが確認されたが、現在にいたるも履行されていない。	首相・鳩山一郎
1986年4月	チェルノブイリ原発事故発生		ゴルバチョフ書記長（1895～1991）
1989年	ベルリンの壁崩壊		ゴルバチョフ書記長
1991年12月	独立国家共同体（CIS）成立		ゴルバチョフ大統領
2022年2月	ロシア軍ウクライナに侵攻		プーチン大統領

家に残るシベリアに関係した本

ロシアについて—北方の原形　司馬遼太郎　文藝春秋　1986年

望郷　新田次郎　新潮社　1965年

極光のかげに　高杉一郎　新潮社　1991年

黒パン俘虜記　胡桃沢耕史　文藝春秋　1983年

おろしや国酔夢譚　井上　靖　文藝春秋　1968年

[著者略歴]

本間仲治（ほんま・なかじ）

明治45（1912）年6月　本間猶太郎、ナカの次男として現在の新潟県新発田市に生まれる
立正大学高等師範部卒業
広島、東京、石川、新潟の旧制中学校教諭を務める
昭和19（1944）年　応召、シベリア抑留
終戦後教職に復帰、五十公野、水原、猿橋の各中学校校長を歴任
新潟県視学、新潟県教育庁管理主事
平成6（1994）年　81歳で逝去

[編者略歴]

本間村紀（ほんま・むらき）

昭和24（1949）年10月　本間仲治、ヒサの次男として現在の新潟県村上市に生まれる
静岡大学人文学部卒業
平成22（2010）年　新潟県庁を定年退職、現在に至る

シベリア日記《にっき》

二〇二四年十一月二十九日　初版第一刷発行

著者　本間《ほんま》 仲治《なかじ》
編者　本間《ほんま》 村紀《むらき》
発行　株式会社文藝春秋企画出版部
発売　株式会社文藝春秋
〒一〇二―八〇〇八
東京都千代田区紀尾井町三―二三
電話〇三―三二八八―六九三五（直通）
装丁　神崎 夢現
印刷・製本　株式会社 フクイン

ISBN978-4-16-009070-5